誓星のデュオ

祓魔師（エクソシスト）と半魔の詩人

鳩藍

23973

角川ビーンズ文庫

Contents

プロローグ……………………………… 7

第一章　船を導く黄金の鳥……………… 14

第二章　迷いの森のトラツグミ………… 75

第三章　讃えよ彼の王の名を…………140

第四章　暁の鐘よ鳴り響け……………204

エピローグ………………………………271

あとがき…………………………………295

シモン
「『百器』のシモン」の
二つ名を持つ祓魔師(エクソシスト)
オルフェ
亡き母の故郷である
星都サン＝エッラを目指す、
吟遊詩人の青年

誓星のデュオ

祓魔師と半魔の詩人

マラディ

半精霊の粛清騎士。
アミカの幼馴染

アミカ

【治癒】の秘跡を授かった
『癒しの聖女』。
18年前の星都襲撃で
攫われた

マザー・シルヴィア

旧大聖堂の聖堂長で、
孤児院の院長

カサンドラ

【予知】の秘跡を授かった
『神託の聖女』。
教皇兼大司教

本文イラスト／春田

プロローグ

遠くで、僕の家が燃えていた。

母さんと過ごした思い出の家が。ベッドで人間の国の物語を読み聞かせてくれた夜が。人間の国の音楽を教えてくれた朝が。母さんと共に生きた十七年の温かな日々が、黄昏の空に黒煙となって消えて行く。

「振り向くな。走れ、オルフェ」

前を走る父さんが、僕――オルフェの手首をグッ、と引いた。紫の肌から伸びる黒い爪が、袖の上から食い込む。僕の手を掴んでいない方の腕には、赤い布に覆われた小さな包みを抱えていた。

僕はもつれそうな足を必死に動かした。走って、走って、走って。辿り着いたのは、島の端にある岩礁。岩の間に隠された小船に、父さんの手で半ば投げ出される形で乗せられる。

「父さん……！」

船の上で這いつくばったまま、僕は父を見上げた。

肩まで伸ばした赤みがかった黒髪が潮風になびき、耳の上から生えた艶やかな二本の黒い角に絡みつく。長い前髪に隠れていた黄金の瞳が、夕焼けを鮮やかに照り返している。その凪いだ眼差しに、僕は父さんとの今生の別れを悟った。

——なにか、なにか言わなくちゃ……。

これが、父さんとの最後の会話になる。分かっているのに言葉が出ない。何を言うべきなのか、分からない。

唇を震わせるだけの情けない僕へ、父さんは眩しいものを見るように微笑んだ。

「碌に顔を合わせる事もなかった俺を、父と呼んでくれるのか」

父さんはそう言って船の傍らに屈むと、抱えていた赤い布の包みを僕の胸に押し付ける。布の中から出て来たのは、家の祭壇で祀っていた筈の、生前の母さんを模した純白の像。母さんの遺骨を砕いて納めた、櫃像だ。

「オルフェ。母さんは、お前の自由を願っていた。お前の幸せを願っていた——でも、この島じゃそれは叶わねえ」

父さんが言い終えた直後、黒煙がけぶる赤い空に、高らかに角笛の音が響き渡る。

次の瞬間、轟音と共に断崖を吹き飛ばし、大小さまざまな影が空に向かって飛び出した。人型、鳥型、獣型、竜型……あらゆる生き物の形をとりながら、いずれも蝙蝠に似た翼を羽ばたかせている。

母さんが生まれた人間の国で、『悪魔』と呼ばれる者たち。僕を追うために解き放たれた夥しい数の彼らは、夕暮れを埋め尽くさんばかりの勢いで次々と空へ飛び立ち、島の周りを旋回し始めた。

「どうやら、向こうもなりふり構っていられないようだな」

父さんは僕に背を向けて立ち上がり、十字に背負った二つの武器を抜く。

左手には二メートル近い無骨な片刃の大剣に子どもの胴体ほどもある大砲を装着した、魔砲剣グラネーシャ。

右手には全長一メートルほどで槍の穂先の付け根に魔力変換機構を据え付けた、魔槍ライボラス。

父さんが魔槍の穂先を魔砲剣の付け根に差し込んで捻れば、がらんどうの砲の中に父さんの瞳と同じ黄金の炎が灯り、闇夜を切り裂く朝日のようにその明るさを増していく。

「よく聞け、オルフェ。お前が島の『結界』を出るまで、俺はアイツらを落とせるだけ落とす。お前はその船で人間の国に行け。そして母さんの故郷――星都サン＝エッラに向かうんだ。あそこならアイツらも、簡単に手出しは出来ない」

魔砲剣に宿った光を見つけた悪魔たちが、一斉に父さんに群がる。

父さんは臆することなく、魔槍の柄と魔砲剣の柄を持って、悪魔たちに照準を合わせた。

刹那、砲から黄金の光が迸り、群がった悪魔たちが跡形もなく灼き払われる。迸った光線は、射線上にいた悪魔を蹴散らし、空を埋め尽くす黒い軍団の真ん中に風穴を開けた。

「ッシ！」

歯の隙間から鋭く息を吐いた父さんは、全身を使って魔砲剣を四度薙ぐ。その動きに合わせて光線が縦横無尽に悪魔たちに襲い掛かり、ある者は全身を、ある者は翼を灼かれ、海に落ちた亡骸は瞬く間に波間へ消えていく。

悪魔たちが怯んだ隙に、父さんが僕に視線を向ける。

「さあ、お別れだ。オルフェ」

「父さん、僕も……！」

戦う、と言い掛けた僕に、父さんは首を横に振った。

「ありがとう。俺にはもったいない程の息子を持てて、幸せだった」

船を繋いでいた縄が、剣先で呆気なく切られる。

「愛してるぞ、オルフェ。お前は自由だ――幸せになれ！」

再び黄金の光を灯した魔砲剣グラネーシャを下段に構えた父さんは、光線が砲身から迸ると同時に、小船の船尾の中央に向けて大剣の峰を振り抜いた。

「っぅわあああああああああ!!」

ただ浮かんでいただけの小船は抵抗もなく海面を離れ、船尾に受けた衝撃そのまま前方に打ち出された。僕は咄嗟に母さんの櫃像を抱えてしゃがみ、風圧に飛ばされないよう船べりに必死でしがみつく。宙を跳び方向転換も出来ない小船を追って殺到した悪魔たちの後ろから、光速で連射された光の砲弾が炸裂した。

父さんだ。僕の船を囲むように放たれる光弾で、悪魔の肉体が弾け飛び、紫の血が海に飛び散り溶ける。

断続的に通り過ぎる光の弾幕に守られながら上昇していた小船が、不意に減速する。放物線を描いて飛び出した船は、自然の摂理に従って緩やかに船の先を下に向けた。

——落ちる……っ！

船べりを握る手に一層力を込めたとき、ズルリと、全身が『何か』を通り抜ける。同時に、後ろから飛んできた光の砲弾が、見えない壁に当たったかのように霧散した。

——ひょっとして、『結界』？

そう頭をよぎった瞬間、船底から衝撃。

着水した、と認識した時にはすでに、もう一度小船が跳ね上がっていた。最初よりも小さな放物線の軌跡を描いて海面を三度ほど跳ね、四度目の着水で一際大きな水しぶきを上げながら、凄まじい速さで海上を滑る。

いくつもの波を裂きながら減速し、くるりと舳先を半回転させた所で、ようやく小船が止まった。

「……あぁ」

小船の上にへたり込んだ僕の口から、意味のない音が零れ落ちる。

生まれて初めて結界の外から見た僕の故郷は、海原の中央にそびえたつ、巨大な岩石の山だった。山肌には緑一つなく、黒々とした剝き出しの巖を曝け出している。

その麓から撃ちあがる黄金の光線や光弾が、山の周囲を飛び交う悪魔の群れを幾度となく貫き、蹴散らし、薙ぎ払う。悪魔に躱された攻撃が、島の周囲を取り囲む不可視の結界に当たり霧散する度に、轟音と共に大気が揺れる。

――何が、『一緒に戦う』だよ。

途切れることのない光と轟音。絶え間なく襲い来る悪魔たち。ついさっきまで居た戦場を外から目の当たりにした僕は、自分の言葉の愚かさに打ち震える。

――あそこに残ったところで、僕に何が出来る？　父さんの足を引っ張るだけじゃないか。

父さんは僕を守るために戦っている。僕が父さんのために出来ることは、悪魔たちに捕まらないように逃げることだけ。それが父さんの望みで、僕が取るべき最善。

――わかっている。わかっているのに。

「……ズッ……ぅぅう……」

鼻の奥が痛くて息が出来ない。奥歯が痺れるくらいに噛み締めた口から呻きが漏れ、無意識に力を込めた両手が、船の床をガリリと掻く。

涙が溢れて前が見えない。それなのに僕は、逃げ出した島から顔を逸らせなかった。

「――っ！　なに、あれ……」

不意に、島の真上に何の前触れもなく黒い雲が集まり始める。空気が湿り、雷鳴が雲の中で響く。

――ダメだ、ここに居たら……！

嫌な予感に肌が粟立った刹那、雷雲から島へと紫の雷が落ちる。

閃光、爆音。

落雷の衝撃が結界を通り抜け、僕の乗る小船を吹き飛ばす。

悲鳴を上げる間もなく、僕の身体は宙を舞った。

やけにゆっくりと動く視界の端に捉えたのは、母さんの遺骨を納めた櫃像。

「――母、さんっ……！」

失うまいと伸ばした手が白い櫃像を摑んだと同時に、僕は黒く波打つ海へと叩きつけられた。

第一章　船を導く黄金の鳥

「――何をしているのかね、祓魔師(エクソシスト)シモン」

天使も眠(ねむ)る青馬の二刻(午前二時)。この家の主である司祭が、寝室(しんしつ)の扉(とびら)を開けたまま固まっていた。引き攣(つ)った笑(え)みが真っ赤に染まっているのは、傍(かたわ)らで燃える暖炉(だんろ)の所為(せい)だけではあるまい。

司祭の視線はベッドで四つん這(ば)いになってズボンをくつろげたオレと、その下で柔肌(やわはだ)を晒(さら)して眠る、司祭が囲ってる愛人のねーちゃんに釘(くぎ)づけだ。

オレは頬(ほお)に付いた真っ赤なキスマークを拭(ぬぐ)い、司祭の目を真っすぐ見据(みす)えて言った。

「悪魔祓(あくまばら)いです、司祭さま」

「ふざけんなクソガキャァァアアア――――!!」

司祭が暖炉から火掻き棒を引き抜(ぬ)いたと同時に、オレは回れ右して背後の窓をぶち破り外に飛び出した。砕(くだ)けた窓枠(まどわく)や硝子(ガラス)を避(よ)けて地面に転がり、くつろげたズボンがずり落ちないよう押さえながら真夜中の街を半ケツで全力疾走(しっそう)。

「衛兵、衛兵ー!　あの男を捕まえろー!」

「は!?　マジか!」

後ろから火掻き棒を振り回しながら追ってきた司祭の声に反応して、近くを巡回していた衛兵の足音がいくつも聞こえだす。

あちこちの路地から衛兵が合流し始め、いつの間にか火掻き棒を構えた司祭を先頭に十名近い衛兵が集まってオレの半ケツを追っている。

「ったく、野郎にケツ追われても嬉しくねっつの！」

そんな事をぼやきながら走るうちに、街を囲う城壁が目の前に迫っていた。立ち止まれば後ろから来た衛兵に囲まれて逮捕。いや、その前に火掻き棒が頭に振ってくるに違いない。

当然どっちも御免なオレは、走りながら祈りの言葉を唱える。

「【星女神よ。我が身に力を宿し給え】」

使用したのは、【身体強化】の『秘跡』。疲労が消え、全身に力がみなぎる。オレは走って来た勢いそのまま、強化された脚力で壁を垂直に駆けあがった。

「嘘だろ⁉　壁を走ってる⁉」

「ま、まさか悪魔なのか⁉」

――は？　誰が悪魔だ。

下から聞こえる衛兵たちの驚愕と動揺を背に壁を登り切ったオレは、ズボンをきちんと穿いてから、不名誉な誤解を訂正すべく城壁の頂上で叫んだ。

「オレが悪魔だと⁉　バカ言ってんじゃねーぞ！　地上に生まれて十八年、星女神(エッラ)に仕えて早十三年！　現役(げんえき)バリバリ絶賛売り出し中！　凄腕祓魔師(すごうでエクソシスト)のシモン様だっての‼」

「やかましいわ婦女暴行犯が‼」

衛兵たちの前に立つ司祭が火掻き棒を振り上げて怒鳴(どな)った。おう血管キレるぞ？

「やっだなあ司祭様。オレはあの女性に頼まれて、悪魔祓いをしてただけですよ」

『頼まれて』を強調して言えば、司祭が歯茎(はぐき)を剝き出しにして唸(うな)る。清廉(せいれん)さを求められる聖職者が愛人を囲ってますなんて公言は出来ないからな。

だがそうとは知らない衛兵たちは、司祭から犯罪者よばわりされたオレに険しい顔を向けている。

このまま何も言わずに逃げれば指名手配犯にされかねない。オレは無罪を主張すべく、ことさら大きく咳払(せきばら)いをして、城壁の下に居る司祭と衛兵たちへ声を張った。

「そもそも、悪魔とはいかなるものか。日頃(ひごろ)より聖典に親しむ司祭様を始めとして、この国の民(たみ)で知らぬ者はいないでしょう」

遥(はる)か昔。天の国を治める星女神(エッラ)に反発した明星の化身が、星女神(エッラ)に代わって支配者になろうと、天使の一部を率いて反旗を翻(ひるがえ)した。

激怒した星女神(エッラ)は、反逆者たちをその拠点ごと結界で覆(おお)って天の国から切り離(はな)し、誰もいない海の果てへと墜(お)としてしまう。

反逆者たちは神罰として、星女神由来の聖なる力を受け付けない『悪魔』と呼ばれる異形に姿を変えられた。二度と天の国へ昇れなくなった彼らは、行き場のない怒りと憎しみを、星女神を信仰する人間へと向ける。

星女神の結界に閉じ込められた悪魔は、悪魔にされたことで手に入れた魔の力――『魔術』を使って人間を苛め始めた。

夢を通じて人間に取り憑いたり、人間に魔術を教えて自分を召喚させたり。オレが赤ん坊の頃には悪魔の軍勢が聖地を襲い、聖女を連れ去ったこともあるらしく――現在に至るまで、ありとあらゆる方法で人間たちを苦しめ続けている。

「悪魔たちは古より人間たちを惑わせて契約を結び、死後の魂を奪って己の糧にせんとしますが、彼らが特に目を付けるのは、心に不満や不安、恐怖を抱えた人間です」

肉体的・精神的に追い詰められ、何もかもを信じられなくなった人間は、悪魔の誘惑を受けやすい。生きる事に伴うあらゆる苦難と困難に耐え切れず、何でもいいから自分に優しく都合よく接してくれる存在に縋りたくなる心理に、悪魔はつけ込んで来るのだ。

「そうした悪魔たちを退ける為に日夜奮闘する祓魔師であるオレは、この街に住む一人の女性から相談を受けました」

左手を腰に当てながら、右手の人差し指を立てオレは続ける。

「さる高貴なお方の寵愛を得たその女性は、衣食住に満ち足りた暮らしをしていましたが、唯一つ！　彼女の生活に欠けていたものがありました」

そう言ってオレは胸の前でハートの形を作った。

「そう、愛！　彼女を囲った高貴なお方は、多忙ゆえに女性の下を訪ねる事がなかった。女性はその方を愛しているがゆえ、会えない日々に不満を募らせておりました。愛されているのか不安でたまらず、いつしか飽きられて捨てられてしまうのではないかと日々恐れていたのです！」

大仰な身振り手振りを交えつつ、オレは朗々と言葉を紡ぐ。

「そこでこの祓魔師シモン！　悪魔に惑わされる被害を未然に防がんと、高貴なお方がご不在の間に乙女の孤独を慰めていたのです！　その過程で互いに心を通じ合わせ深い仲になったことは、彼女が孤独に打ち克つ糧となり、自らの意思で悪魔を退ける一助となるでしょう！　そう！　オレと彼女が愛し合っていたのは悪魔祓いの一環に過ぎず、断じて婦女暴行などという乱暴狼藉ではありません！」

拳を天に突き上げながら、オレは高らかに宣言した。

「即ち――オレは無罪ですっ！」

「不法侵入と不義密通を『悪魔祓い』で誤魔化すなこの罰当たりが!!」

火掻き棒を振りかざして司祭が叫ぶのと同時に、衛兵たちも一斉にオレを罵倒し始めた。

「要するに間男じゃねえか！」

「真面目に悪魔祓いする祓魔師に謝れ！」

――チッ、言いくるめられなかったか。

気づけば城壁を警備していた衛兵たちが、槍を手にオレの左右を囲んでいる。不法侵入は財産没収、不義密通はアソコを切り落とされるんだったか？　冗談じゃねえ。

「では司祭様！　明日からは恋人を寂しがらせないように気を付ける事ですな！」

オレは捨て台詞を吐きながら踵を返し、城壁から助走をつけて飛び降りた。

「【星女神よ！　我が身に力を宿し給え！】」

空中で【身体強化】の秘跡を発動し、五点接地で衝撃を殺しながら地面に着地。城壁の上で何やら叫んでいる兵士たちを置き去りに、オレは真夜中の街道を全力疾走で駆け抜けた。

「ヤッベー……荷物と金、全部あっちに置いて来ちまった……」

真夜中の街道のど真ん中、オレは途方に暮れていた。【身体強化】の秘跡を使って駆け抜けた道を未練たらしく振り返れば、城壁はすでに遥か向こう。仮に今から戻ったとしても、司祭の家への不法侵入と不義密通で衛兵に捕らえられるだけだ。

「まあ、最低限の装備とヘソクリはあるけどよ」

オレは溜息を吐きながら道の端に座り込み、手持ちの装備を確認する。

フード付きの腰丈ポンチョの下には革の胸当てに黒いシャツ。それと色々な武器を下げておくホルスターを付けているものの、肝心の武器類は司祭の愛人のねーちゃんとアレコレするには邪魔だったので、泊まっていた教会に置いてきてしまった。

唯一何があっても外さない腰のベルトの両側には、星女神の加護を受けた金属である『星銀』で作られた両刃の短剣が一振りずつ。後ろ側には投擲用の太い釘。悪魔祓い用の星水の小瓶や傷薬などが入ったポーチ。ゆったりとしたズボンのポケットにはクシャクシャのハンカチだけ。

最後に鉄板を仕込んだ靴を脱ぎ、中敷きの下から数枚の硬貨を取り出す。

両足で銀貨八枚に銅貨十六枚。合わせて八百十六デールが全財産。街で着替えや野営用の装備を揃えたら、あっという間になくなる額だ。

オレは無情な現実に肩を落とし、真っ暗な道の先をぼんやりと眺める。

——こう、都合よく商人の馬車が盗賊とかに襲われたりしてねえかな？

盗賊が賞金首であれば尚可。美人な娘さんが同乗していれば大歓迎。謝礼として商人の屋敷に泊めてもらい、夜には娘さんとシムフフフ……。

「なーんて都合のいいことあるわけねえんだよなあ、これが」

この辺りで盗賊の被害があるなんて話は聞かなかったし、そもそもこんな真夜中に女子どもを連れた商人が移動をする筈もなし。もし居たとしても、商売に失敗したか貴族の不興を買ったかで夜逃げ中とかいう類なので謝礼は期待できそうもない。

「しょうがねえ。次の街まで、もうひとっ走り……」

そう言って腰を上げた時だった。

ジリ、と首筋の裏が痺れるような感覚。そして――。

「キャー！　誰か、誰か助けてぇー！」

遠くから若い女の悲鳴、そして複数の足音がこちらに向かってきた。

――マジかよ星女神ぁ……！

あまりにも奇跡的な出会いに、オレは歯を剝き出しにして笑う。

「星女神よ、お導きに感謝します――っしゃオラ金ヅルぅ！」

フードを深く被ったオレは、悲鳴が聞こえた方へと迷いなく駆けだした。

「【星女神よ！　我が身に力を宿し給え！】」

走りながら【身体強化】の秘跡を発動。真っ暗な街道の先を強化された視力で見通せば、土で汚れた白いドレスの裾を蹴って走る美女の後ろから、小さな影が三つ追いすがっている。

「キィッ、キィッ、キッキッキ！」

小悪魔だ。最下位の悪魔で、大きさは人間の子どもほど。毛のないつるりとした頭からは二本の曲がった角が生え、細い手足に下腹だけがポコリと出た不格好な身体をしている。三体の小悪魔は鉤の付いた細い尾をしならせながら、耳障りな甲高い声を上げて美女のすぐ後ろに迫っていた。

オレはベルトの後ろから投擲用の釘を三本掴み、祈りの言葉を唱える。

「【星女神よ！　我が武器に退魔の力を授け給え！】」

【武器強化】の秘跡。鉄製の黒い釘を、淡い白銀の光が包む。オレは釘を持った左手を後ろに隠したまま、強化した脚力で小悪魔たちとの距離を一息に詰めた。闇の中から猛スピードで駆けて来たオレに驚いた白いドレスの女が立ち止まり、追ってきた小悪魔たちもオレに気づく。オレは構わず加速して、彼女の鼻先で真上に跳んだ。眼下に並んだ無防備な三つの頭を目掛けて、白銀に光る釘を投げ放つ。

「「ギギギィイイイイ!!」」

頭に釘が突き刺さった二体の小悪魔は、星女神の加護に肉体を融かされ、断末魔の叫びを上げながら紫色の染みを地面に残す。残り一体は右肩に命中し、右腕の付け根から下を失った。

驚愕、痛み、怒り、殺意。隻腕の小悪魔が紫色に血走った眼を空に向けた時、オレは既に腰から抜き放った二本の星銀の短剣を手に、両腕を身体の前で交差させている。

見上げることで晒された小悪魔の首筋へ、躊躇なく両腕を振り抜いた。

白銀の軌跡が弧を描き、首の真ん中を横切ったのと同時に、小悪魔の後ろに着地。一拍遅れて、角の生えた紫の頭がボトリと地に落ち、胴体もまた紫の血を首の断面から吹き上げながら崩れ落ちた。

立ち上がって振り返れば、小悪魔の死体があった場所には紫色の染みと、子どもの拳ほどの艶のない黒い石。

悪魔の魂が凝った結晶——魔晶を、投げた釘と一緒に回収。これは教会に持っていけば悪魔の討伐証明として換金できるのだ。小悪魔であれば一体あたり八百から千二百デール。この大きさなら合わせて三千デールは堅い。思わぬ臨時収入にフードの下でニヤケ顔が止まらなかった。

「あ、あの……ありがとうございます」

道の真ん中で立ちすくんでいた白いドレスの女が、恐る恐るオレに声を掛けてくる。

「ああ、もう大丈夫ですよ。災難でしたね」

「え、ええ。あなたがいなかったら、今頃どうなっていたか」

フードを被ったまま返事をしたオレに、女ははにかんだ笑みを浮かべて言う。

「その、もしよかったら、何かお礼がしたいのですが……」

「ほう、ほうほう。では一つお願いが」

身体の前で指先をもじもじと合わせながら、潤(うる)んだ目でオレを見上げる女に、オレはニッコリと笑って。

「とっとと、そのねーちゃんから出てけやクソ悪魔が」

腰のポーチから取り出した星水を女の頭からぶっ掛けた。

「ヒッ、ギイアアアア‼」

星水の降りかかった場所を押さえ、女は仰(の)け反りながら濁声(だみごえ)で悲鳴を上げる。濡(ぬ)れた肌(はだ)が煙(けむり)を上げ、指の隙間(すきま)から覗(のぞ)く瞳(ひとみ)は紫色に血走っていた。

「ったく。死者の正装(フューネラルドレス)で出歩いてんじゃねえよ、マヌケ」

女が着ていた白いドレスは、故人が星女神(エッツラ)の御許(みもと)へ赴(おもむ)くための衣装(いしょう)。こんなものを着て真夜中に出歩くのは、死体に取り憑(つ)き操(あやつ)る悪魔――屍魔(アンデッド)くらいなものだ。

オレは二本の短剣をまとめて左手に持ち、右手に嵌(は)めていた手袋(てぶくろ)を口で咥(くわ)えて外す。

露(あら)わになった右手の甲(こう)には、星女神(エッツラ)のシンボルである七芒星(しちぼうせい)の紋章(もんしょう)と、それを取り囲む退魔の言葉。

「【理に背(そむ)く者よ、去れ！　我が手は汝(なんじ)を退けん！　汝、己(おのれ)の悪を知り、善なる者に平伏(へいふく)せよ！】」

オレが手の甲を向けて退魔の言葉を唱えれば、女の死体はガクガクと痙攣(けいれん)し、うつ伏(ぶ)せに倒(たお)れた。その口からは屍魔(アンデッド)の本体である紫色のねばつく液体が溢(あふ)れ、地面の上を這(は)って逃げようとする。すかさずもう一本星水の小瓶を取り出し、地を這う屍魔(アンデッド)に乱暴に振りかければ、紫の粘液(ねんえき)は白い煙を上げて融け、親指の先ほどの小さい魔晶だけが残った。

　オレは魔晶を拾い上げ、地面に倒れた遺体の隣(となり)に跪(ひざまず)く。

「悪いな、ねーちゃん。【弔(とむら)い】の秘跡は教会でなきゃ執(と)り行えねえ。朝までには街に着くから、もうちょっとだけ我慢(がまん)してくれ」

　オレは遺体を外套(がいとう)で包んで肩に担(かつ)ぎ、【身体強化】の秘跡を使って再び街へと走り出した。


「ありがとうございます、祓魔師(エクソシスト)シモン殿(どの)。これで故人も安らかな眠(ねむ)りにつけることでしょう」

「とんでもありません。当然の事をしたまでですから」

　星女神(エッラ)を筆頭とした天の神々を崇(あが)めるソフィア教国の国教・七星教の教会。その一室で、オレは老いた女司祭と向き合っていた。

　昨晩の戦いの後。悪魔が取り憑いていた女性の遺体を抱(かか)えて【身体強化】で夜通し街道(かいどう)を駆け抜け、朝日が半分ほど顔を出した頃、どうにか街に到着(とうちゃく)した。

星女神(エツラ)に仕える聖職者の証(あかし)である、右手の甲の七芒星の紋章を見せて門番に事情を説明。衛兵に案内してもらった教会で確認(かくにん)したところ、やはりこの街で亡(な)くなった女性だったらしく、遺体はそのまま遺族へと返還(へんかん)。現在は慌(あわ)ただしく葬儀(そうぎ)の準備が進んでおり、どうにか明日には弔うことが出来るだろう。

「あちらの女性は昨夜遅(おそ)くに亡くなられたのですが、【弔い】の秘跡を準備している間にご遺体が消えてしまいまして……お恥(は)ずかしい話です」

老女司祭が頭を下げようとしたのを制して、オレは質問した。

「こうしたことは、今までにありましたか」

「いいえ。このような事は前代未聞(ぜんだいみもん)です」

柔(やわ)らかな口調ながらハッキリと否定した老女司祭だが、ややあって、恐る恐ると言った風に口を開く。

「やはり一か月前の、『悪魔の島(ディア＝ボラス)』での異変が関(かか)わっているのでしょうか……？」

悪魔の島(ディア＝ボラス)。かつて星女神(エツラ)に反逆した元天使——悪魔が住む、海の果ての島。

一か月前、その島でこれまでにない天変地異が起こったと、監視(かんし)していた聖堂からソフィア教国中の聖堂および教会へと連絡(れんらく)が入った。

曰(いわ)く、島からは数え切れないほどの悪魔たちが現れ、周囲には黄金の炎(ほのお)が吹きあがった。空からは紫色の雷(かみなり)が何度も島に落ち、海は三日三晩荒(あ)れに荒れたそうだ。

さらに島から現れた悪魔たちが人間の住む大陸へと渡ったとの報告もあり、その日を境に各地で悪魔による被害が急増。

そこでソフィア教国の星都サン＝エッラにある教皇庁は、オレを始めとした祓魔師や、教国各地の守護に当たっている聖騎士を動員し、悪魔への対処と悪魔の島にて発生した異常の原因究明に乗り出したが——未だ、具体的な成果を上げられていない。

「ハッキリしたことは言えませんが、無関係とは考えられないかと」

オレの曖昧な回答に、老女司祭は神妙な面持ちで俯いた。なんともいたたまれない空気を払拭するためにオレは話題を変える。

「それで司祭様。少しばかりお願いしたい事があるのですが」

「はい、なんでございましょう」

「色々あって、旅の荷物をあらかた失くしてしまいまして。恥ずかしながら、宿を取るだけの路銀もない状態なのです。厩舎の隅などで構わないので、どうか二、三日ほどこちらに身を置かせていただけないでしょうか」

申し訳なさそうな表情でそう言えば、老女司祭は快く宿泊を許可してくれた。

【身体強化】をしていたとは言え、流石に悪魔と戦ってから徹夜で走れば疲れる。パンとスープだけの質素な朝食を貰った後、案内された部屋でひと眠りして昼前に目を覚ました。

そして道中倒した小悪魔と屍魔の魔晶の代金、合わせて三千八百デール——多分、口止

め も兼ねて色が付いている——を受け取り、悪魔祓いに使った星水も補充。老女司祭から雑貨店と古着店、武器店の場所を聞いて、オレは暖かくなった懐にニヤつきながら街へと繰り出した。

「……兄ちゃん、一人でこれ全部買うのか？」

「これでも絞った方だぜ。どれも良い品だったからな」

雑貨店と古着店で野営の道具と着替えを買い終え、駄賃を払って教会へ届けてもらった後、教えてもらった武器店で装備を揃えた。

カウンターに並べた武器の数に、店主のおっちゃんが怪訝な顔をする。

刃渡り八十センチほどの山刀、小ぶりだが厚刃の剣鉈、投擲にも使える手斧、鉤付きのロープに、連射可能なボウガンと矢とマガジン……締めて二千八百デール也。

「そりゃ嬉しいが……お前さん、傭兵かなんかなのかい？」

「似たようなもんかな。人間相手じゃないけど」

オレが手袋をめくって七芒星の紋章を見せれば、おっちゃんが目を剥いた。

「祓魔師か！　いや若いのに大したもんだな」

「それほどでもある」

「いやいや謙遜（けんそん）……しねえのかよ！」

ひとしきり漫才（まんざい）を楽しんだ後、おっちゃんが神妙な顔で切り出す。

「って事はよお、兄ちゃん……アレ、持ってんのかい？」

「そりゃそうさ。悪魔祓いの必需（ひつじゅ）品だしな」

オレは腰のベルトから鞘（さや）ごと短剣を取り外し、おっちゃんの前に掲（かか）げた。

「おお！　そいつが、星女神（エツラ）に祝福された星銀の武器……！」

「おっと。タダって訳にはいかねえなあ」

手を伸（の）ばしかけたおっちゃんから寸前で短剣を遠ざける。ムッとした顔のおっちゃんにニッコリ笑いかけて、カウンターに置いた武器を指さした。

「悪魔相手だと武器の消耗（しょうもう）が早くってさあ。星銀の見物料ってことでちょっと負けてくれねえ？」

「んだよ、聖職者だってのに現金な野郎（やろう）だなあ……二千五百」

「おいおいおいおい、たった三百？　安く見られたもんだなあ。二千」

「そもそも値切りの材料にしてんじゃねえよ、罰当（ばちあ）たりだろうが。二千三百」

「やっだな～。星女神（エツラ）の祝福を間近でじっくり見れる機会を提供する布教活動だよ～。二千二百」

「まったく、口の回るガキだな。しょうがねえ、二千二百だ」

「聖職者は頭と口回してなんぼだよ。ほい、どーぞ」

交渉(こうしょう)成立。オレは金と一緒(いっしょ)に星銀の短剣をおっちゃんに渡す。オレがそれぞれの武器をホルスターに装着する隣(となり)で、おっちゃんは星銀の短剣を鞘から慎重(しんちょう)に抜(ぬ)いていた。

「ハァー……美しいもんだなあ……」

オパールにも似た虹色(にじいろ)の不規則な煌(きら)めきが閉じ込められた星銀は、星女神(エッラ)が住む天の国から落ちてきた星の欠片(かけら)を、銀と合わせて加工したものだ。星銀はすべて星都サン＝エッラの大聖堂で管理され、加工技術も門外不出。一般(いっぱん)人の目に触(ふ)れる事なんてそうそうない。

「はーい、時間切れだぜー」

おっちゃんが短剣に見とれている間に、オレは武器の装備を終えていた。

ホルスターの背中に山刀(マチェット)、腰(こし)の後ろに手斧(トマホーク)、左脇(ひだりわき)の下に剣鉈。

腰のベルトの後ろ側にはひとまとめにした鉤付きロープを吊(つ)るし、連射式ボウガンは外套の上から背負い、矢を装填(そうてん)したマガジンはベルトで太ももに括(くく)りつけている。

「いやはや、堂に入ってんな」

「まあな。仲間内からは『百器』のシモンなんて呼ばれてるよ」

おっちゃんから星銀の短剣を受け取り、腰に差し直す。

「ところでおっちゃん、最近この街で変わった事とかある？」

オレがそう投げかければ、おっちゃんはカウンターから身を乗り出した。

「それがよ……行きつけの酒場に最近妙な奴が入り浸るようになってな」

「妙な奴？」

「吟遊詩人なんだが、とにかく顔が綺麗で歌が上手いんだ。静かに呑めるいい酒場だったんだが、おかげで毎日満員御礼になっちまったよ」

「酒場にとっちゃ有り難い話じゃねえか」

「そうなんだけどよ」

おっちゃんは一段声を落として囁いた。

「悪魔ってのは美男美女ってのが相場じゃねえか？」

「違えねえや」

悪魔は人間を惑わせ契約し、破滅に導き死後の魂を奪う。用心深い人間を油断させるために、美男美女に変身したり取り憑いたりする事は多い。

そして巧みな話術や芸を用いて人の心に取り入る例も数知れず。歌を使う悪魔で言えば、美しい姿と歌声で船乗りを魅了する歌人魚がいい例だ。

「もうすぐ昼飯時だからな。今から行けば、聴けるんじゃねえか？」

「そうかい。あんがとよ」

おっちゃんから酒場の場所を聞いたオレは、新調した武器をひっさげ噂の詩人に会いに行く事にした。

――それが、オレの運命を大きく変えるとも知らずに。

「え、ヤバ」

武器店のおっちゃんに教えてもらった酒場には、とんでもない人だかりが出来ていた。

こぢんまりとした二階建ての店の前に隙間なく並ぶ分厚い人垣が、道路にまであふれ出し両隣の建物を呑み込みかけている。人混みの足元で、所在なさそうにうろつく鳩がポポーと鳴いた。

――コレもう繁盛とか言う域じゃないぞオイ……。

呆れと感心を交えつつ、オレは野次馬の隙間を縫って酒場に足を踏み入れた。

「はーい！　牛のベリーソースがけと鶏の塩焼きご注文の二名様ー！　配膳する暇ないから自分で持って行ってー！」

店内はまさに満員御礼。テーブルはすべて埋まり、そこからあぶれた客は椅子だけ持ってきて飯を食っているか、壁にもたれて立ち食い。料理を作っている若いねーちゃんが出来上がった料理をカウンターに並べ、呼ばれた客がそれらを持って行く。

ざっと見回したが、どうもねーちゃん以外の従業員はいないらしい。武器店のおっちゃん曰く『静かに呑める酒場』らしいから、普段はねーちゃん一人で切り盛りしてるんだろう。

さて、店に入った以上は何か頼もうと、カウンターに近づいた時だった。

カラーン、カラーン、――……と澄んだ鐘の音が六回。教会が鳴らす刻告げの鐘が、白馬の六刻を報せたのと同時に、騒がしかった酒場が一気に静かになる。

「は？　何？」

突然の事態に困惑していると、二階でキィ、と扉が開く音。

ゆっくりと階段を降りてくる人物を、固唾を呑んで見守る酒場の客たちにつられて、オレも階段に目を向ける。

現れたのは、つばの広い帽子を目深に被った若い男だった。

白のシャツとズボンの上から浅葱色のチュニック、足元は革のブーツという、どこにでもある質素な装い。

オレより少し上背があるものの、華奢な身体つきと雰囲気に、どことなく幼さが残る。歳はよくわからないが、ひょっとすると年下かもしれない。

――アイツが噂の、吟遊詩人か。

階段を降りきった吟遊詩人は、片方の手に椅子、もう片方の手に木の竪琴を抱えて酒場を見回し、口元に笑みを浮かべる。

「こんにちは。今日も賑わってますね」

清冽な小川のせせらぎにも似た、透明で少しかすれた儚げな声。吟遊詩人なだけあって、なるほど魅力的な声だった。

吟遊詩人がその場から足を踏み出すと、前に居た客たちが一斉に道を開ける。詩人は悠々と開けられた道を歩き、酒場の中央に椅子を置いて座った。

「皆さん、朝のお仕事お疲れ様でした。この歌が、赤馬の刻からも働く皆さんの慰めになれば幸いです」

前口上をさっさと切り上げた詩人は、抱えていた竪琴を膝に置き、ゆっくり、深く、息を吐いていく。

息遣い一つ聞こえない完全な沈黙の中で、詩人の指が竪琴の上をなぞった瞬間。

「いっ――!?」


オレの首筋の裏に鋭い痛みが走ったかと思うと――酒場の床が、一面の草原に変わった。


「は、えっ……はあっ!?」

見間違いでも何でもない。吟遊詩人の男が竪琴を弾き始めた途端に、酒場の床が一面の草原と化した。

突然起こった規格外の現象に、左手で首の後ろを押さえたまま、腰に差した星銀の短剣に右手を伸ばしかける。

その間にも前奏は進み、酒場の景色はドンドン変わっていく。

竪琴の音色に合わせて生い茂った木々が酒場の壁を覆い尽くし、床からは清い泉が湧き、小鳥のさえずりと共に風が木の葉を巻き上げる。

いつの間にか客の姿は消え、オレと吟遊詩人だけが豊かな森の真ん中に泉を挟んで佇んでいた。

前奏が終わり、歌が始まる。

「♪西の楽園の森の奥　泉の精霊の名を『恵みのリュエル』」

魂が吸い込まれるような歌声だった。男とも女とも違う中性的な歌声が、竪琴の調べと溶け合って、耳だけじゃなく全身を震わせてくる。

「♪古より寄り添う我らの恵み　遍く命に寄り添うリュエルの恵み」

詩人が歌っているのは、『精霊歌』と呼ばれる種類の曲だ。星女神が世界に人間を創る前から地上に暮らしていたという『精霊』を主役にした曲の総称。ソフィア教国の成立前から各地で歌われてきた曲で、その土地の成り立ちや地名の謂れを歌い継いできた。

地方の教会では子どもたちと歴史の勉強をする時に一緒に歌うので、自分が生まれた地の曲を覚えている人間は多い。

――でも、今はそんな事はどうでもいい。

「♪恵みは巡る　草木に　花に　リュエルは恵む　鳥に　獣に」

詩人の歌に合わせて、泉から水の身体を持った美しい乙女が現れる。乙女が両手で掬った泉の水を地面へ注げば、草原が見る間に色とりどりの花畑へと変わった。鳥や獣が泉の周りに集い、思い思いにくつろいでいる。

「♪空もまた巡る　雲から雨へ　風もまた巡る　雨から嵐へ」

竪琴が不穏な調べを奏でるにつれて、晴れわたる青空を雲が覆い、雨が降り始めた。鳥も獣も森の奥へと逃げ、乙女もいつの間にか姿を消している。雷が轟き、風が吹きすさぶ。泉もすっかり濁りきってしまった。

「♪荒ぶる嵐が来ようとも　泉が泥に濁ろうとも　我らの恵みは共にあり　リュエルこそは我らの友なり」

嵐の中、詩人は高らかに歌う。どんな苦難が訪れようと、精霊の恵みは共にあると。

そして激しい旋律が不意に穏やかな調べに変わり、詩人の唇は囁くように歌を紡ぐ。

「♪嵐は去り　雨は止み　雲は晴れ　光は全てを照らし出す　草木を　花を　鳥を　獣を」

静かな歌声が徐々に力強いものへと変わっていく。竪琴の音は幾重にも重なり合い、嵐を耐え抜いた生き物たちの喜びが五感を突き抜けて伝わってくる。

そして雲の切れ間から一条の光が泉に向かって差し込むと、光の中から泉の乙女が再び姿を現した。

「♪西の楽園の森の奥　泉の精霊の名を『恵みのリュエル』　古より寄り添う我らの恵み遍く命に寄り添うリュエルの恵み」

歌の最初に聴いた旋律が、歌の最後に再び奏でられ、曲が終わる。

シン、と静まり返った森の中で、オレと詩人の男だけが無言で向き合って——。

パン、パン、と手拍子が聞こえ、オレはハッと我に返った。

気づけば森は消え、オレは満員の酒場のカウンター前に立っている。

聞こえてきたのは手拍子じゃない。拍手だ。酒場中の客と、外に詰めかけた野次馬からの歓声が店内を揺らす。料理人のねーちゃんも滂沱の涙を流しながら惜しみない拍手を送っていた。

鳴りやまぬ喝采の中、詩人の男が立ち上がって帽子を取る。

まるで神話の世界からそのまま出て来たかのような男が、そこに居た。

亜麻色の艶やかな巻き毛。少し長めの前髪の下には同じ色の細い眉。長いまつ毛に縁どられた、秘境の湖より澄みわたる緑青の瞳。

大きすぎも小さすぎもしない真っすぐな鼻と薄桃色の唇が、丸みのある中性的な輪郭のまさにここしかないという位置に収まり、シミ一つない、今まで見たどの女よりも滑らかな白絹の肌がその調和を一層引き立てていた。

詩人の男の帽子に向けて大量の銅貨が投げ入れられる中、武器店のおっちゃんの言葉が頭をよぎる。

『悪魔ってのは美男美女ってのが相場じゃねえか？』

「……ハハ、違えねえや」

オレは首筋の痛みの余韻を感じながら確信する。

──あの演奏は、悪魔由来の力だ。

演奏が終わり、大量のおひねりを一通り受け取った吟遊詩人の男が二階へ去っていくと、客たちはサッサと飯をかき込んで続々と店から出て行った。

あっという間に誰もいなくなった店内には、料理人のねーちゃんとオレだけ。

オレはカウンターに座ってねーちゃんに話しかける。

「まだ作れるモンある？」

「あら、見ない顔ね。後で皿洗い手伝ってくれるなら、賄いタダで食べさせてあげる」

「じゃあそれで」

　賄い飯を作ってくれている合間に、オレはねーちゃんに先程(さきほど)の詩人について探(さぐ)りを入れてみる。

「それにしてもスッゲー演奏だったね、さっきの人」

「ああ、オルフェ？　ホントびっくりよ！　一昨日(おととい)フラッと現れて、『店先で一曲弾(ひ)かせてくれ』って頼(たの)まれてね？」

　おそらく注文を捌(さば)くのに忙(いそが)しすぎて誰にも喋(しゃべ)れなかったのであろう。ねーちゃんは手を動かしながらも、ここぞとばかりに吟遊詩人――オルフェについて話しまくる。

「それで弾かせてみたら、お客さんが見た事ないくらい入って来て！　もーてんやわんやよ！　で、泊(と)まる所探してるって聞いたから、ウチの二階に泊めてるのよ」

「え、大丈夫(だいじょうぶ)なの？　見た感じ、一人で切り盛りしてるんだろ？」

「旦那(だんな)が死ぬまでは宿だったからね。部屋は余ってんのさ。それに、あれだけ稼(かせ)げる奴(やつ)が、盗(ぬす)みを働くとも思わないね」

　ねーちゃん――未亡人に『ちゃん』はねえな――もとい姐(ねえ)さんは切った野菜と肉、調味料をフライパンに放って手早く炒(いた)めていく。

　悪魔が誘惑(ゆうわく)したり、悪夢を見せて不安にしたりして取り憑(つ)こうとしている場合、精神に干渉(かんしょう)される影響(えいきょう)で、情緒(じょうちょ)が不安定になる。

そのため極端な好悪の感情は一つの目安になるのだが、見た感じ姐さんが詩人に過剰な好意を向けていたり、逆に不気味がる様子もなし。

――もう少し踏み込んで聞いてみるか。

「確かに、あの演奏ならどこでもやっていけるわな。オレなんて実際に森に入ったみたいだったし」

「あはは、そうねー。もう鳥肌立っちゃうわよ。あたしもオルフェが曲弾くときだけは、思わず手が止まっちゃうのよねー」

姐さんは事もなげにそう言って、炒め物を皿に盛り、スープとパンを添えてオレに渡した。

オルフェの曲によって引き起こされた幻視は、どうも姐さんには視えなかったようだ。他の客の話を聞いていないため確信はないが、もしかすると幻視が視えたのはオレだけの可能性もある。

――だとしたら、あの幻視は意図的に視せてるものじゃない？

塩の利いた炒め物を口にしながら、オレは首の後ろをさする。痛みの余韻は、もうない。そう言えば酒場に近づいても、姿を見ても、首の裏の痛みは感じなかった。

演奏が悪魔の力由来なのは確定。しかし――オルフェ本人は、果たして悪魔なのか？

「難しい顔してどうしたの？　口に合わなかった？」

「いやいや、めっちゃ美味いよ。ちょっと考え事してたんだ。あれだけの腕があるのに、なんで吟遊詩人なんかやってんのかなーって」

「ああ。なんでも、星都サン＝エッラに行きたいらしいわよ」

「星都に？」

「死んだ母親の故郷で、そこに行くための路銀を稼いでるんですって」

オレは適当な相槌を打ちながら、食事に集中するフリをして考える。

詩人オルフェがやって来たのは一昨日。同じ空間で寝泊まりする姐さんは特に悪魔の影響下にある兆候はなし。武器店のおっちゃんや他の客たちも、何かに取り憑かれたり魅了されているような顔ではなかった。あの幻視を伴う演奏が恣意的なものでない所為なのか、あるいは演奏を聴いて日が浅いからかは、今のところ判断できない。

目的地は星都。死んだ母親の故郷とのことだが、真偽は不明。

――んー、今ある情報だけじゃ判断つかねえな。

オレは手早く飯を食べ終えて、姐さんに声を掛ける。

「ねえねえ、ちょっと頼みがあんだけどさ」


皿洗いを終えたオレは、姐さんの後をついて二階に上がった。窓辺では、二羽の鳩がパンくずか何かを啄んでいる。

廊下の突き当たりにある角部屋のドアを姐さんがノックした。

「オルフェー、ちょっといい？」

「はい、なんですか」

部屋からは、あの少しかすれた中性的な声が返ってくる。

「旅の人が、あんたの話を聞きたいんだって。星都にも何度か行ったことがある人なんだけれど——」

「！　今出ます！」

『星都に行ったことがある』と聞こえた瞬間、喰い気味な返事と共にドアが開く。

亜麻色の巻き毛を揺らしながら、澄んだ緑青の瞳を期待に輝かせた美貌の詩人が、満面の笑みで飛び出してきた。

——ぐぉっ眩しい……！

あまりの美しさに一瞬息が止まりかけたが、どうにか気合で愛想笑いを浮かべる。

「どうも初めまして、シモンだ。さっきの演奏すごかったぜ」

「ありがとう！　僕はオルフェ。よろしくね、シモン！」

「お、おう。人懐っこいなあ、お前」

警戒心が一切ない、この世の全ての悪を浄化できそうな純粋過ぎる笑みに困惑する。

「ごめんよ、馴(な)れ馴れしかったかい？」

「んにゃ、全然」

「よかったあ……！　あ、そうだ。旅の話をするんだよね？　僕、旅を始めたばかりだから、まだまだ知らない事いっぱいで。シモンの話がたくさん聞きたいんだ」

「おう、旅の先輩(せんぱい)だ。何でも聞け」

そんなオルフェとのやり取りを聞いていた姐さんが、後ろからオレに声を掛けた。

「じゃあ、あたしは晩の営業の仕込みしてるから。何かあったら呼んで頂戴(ちょうだい)」

「あいよー。あんがとなー」

「はい、ありがとうございました！　さあ、シモン。入って」

姐さんが階段を降りて行ったのを確認(かくにん)したオレは、オルフェが泊まっている部屋に足を踏み入れる。

「……なあオルフェ。話する前にちょっといいか？」

「どうしたんだい？　シモン」

部屋に入って早々、オレはツッコミを入れざるを得なかった。

「アレ、仕舞(しま)ってから話さねえ？」

部屋はシンプルな一人部屋だ。ベッドと抽斗(ひきだし)付きの小さなサイドチェストだけ。

そのサイドチェストの上に、昼の演奏のおひねりがたっぷり詰(つ)まった帽子(ぼうし)が無造作に置かれ、抽斗からはおそらく銅貨や銀貨がパンパンに詰まっているであろう真ん丸な革袋がいくつもはみ出していた。

「気になるかい？」

「不用心過ぎるだろ。オレが強盗だったらどうするわけ？」

「え？」

「えっ、て……」

あまりにも警戒心のない反応に、身構えてきたのが馬鹿みたいになる。

「いいか。旅をするなら金の管理はしっかりしろ。金がなきゃ旅の途中で食料なり、着替えなり、必要な物が用意できねえ。宿に泊まるなら宿代も必要だしな」

――まあオレは全部前の街に忘れてきたけど。

「それに大金を持ってるって知られたら、盗人連中の絶好のカモだ。街中ではスリ、宿ではコソ泥。下手すりゃ街を出てから後をつけられて、誰もいない街道で身ぐるみ剥がれて殺されちまうぞ」

オルフェはオレの話に至って真面目な顔で頷く。

「スリかあ……だから街を歩いた後、よく財布がなくなってたんだね。なにか変だなって思ってたんだ」

「もう既にカモにされてんじゃねえか！　その時点で気づけよ!?　とりあえずその机の金

は全部仕舞っとけ！　あ、手伝わねえぞ？　荷物は基本他人に触らせんな！」

「うん、わかったよ！」

大変元気で真っすぐな返事をしたオルフェは、すぐに抽斗の金をまとめ始める。

——何つーか……調子外されるわあ……。

この男、とにかく素直で物を知らない。悪魔との関わりを探るための方便が、いつの間にか本気の助言になってしまった。気を取り直し、オレは何でもない風に話を続ける。

「この街に来る前は何処にいたんだ？」

「あ、え、えーっと……」

どういった経路でこの街に来たのか、と旅人として怪しくない範囲で行動を聞き出そうとしたのだが……何故かその質問にオルフェが突然狼狽えだした。

「に、西側の港がある街だよ！　朝市に行ったら貝を生で貰えてね！　魚醤っていうソースをかけて食べたらすっごく美味しいんだよ！」

「お、おう」

——いや誤魔化し方下手くそかよ。

呆れるほど嘘が吐けないオルフェに『なんかもう無害そうだし放っといていいかな』と思いかけたが、今の話にちょっと無視できない部分があったので、オレはまたそれとなく聞いてみる。

「西側の港街って言ったら、アレだろ？　『悪魔の島』が見える街」

一か月前に天変地異に見舞われた、星女神に反旗を翻した悪魔たちが住まう島。その近くにいたのだとしたら、何かしらオレの知らない噂を聞いているかもしれない。新しい情報があるなら祓魔師として是非とも聞いておきたい所ではあるが……。

「……『悪魔の島』が気になるの？」

『悪魔の島』の名を出した途端、オルフェの動きが止まった。

どこまでも澄み切った緑青の瞳を、見定めるかのようにオレに向ける。

――さーて、どう返すか。

ここで変に刺激して追い出されるのはまだマシだが、最悪は下で晩の仕込みしてる酒場の姐さんを巻き込みかねない。

オレは一先ず無難な返しで様子を見る事にした。

「ほら、一月前に天変地異があったって聞いたからよ。何か知ってるなら聞いておきたくてな。折角そっちから来た奴と会えたんだしさ」

そう答えると、オルフェはオレが訪ねてきた理由を思い出したのか、一瞬虚を衝かれた顔になった後、力の抜けた笑みを見せる。

「うーん、ゴメン。僕も詳しくは知らないんだ。乗ってた船が転覆して、気が付いたら港に流れ着いてたから」

――うん、やっぱコイツなんか知ってんな。

『悪魔の島』の名を出した時の態度からして、絶対に無関係ではないだろう。先だっての幻視を伴う演奏も、ほぼ間違いなく悪魔由来の力が使われていた。

何か知っている可能性がある以上、祓魔師として見逃すことは出来ない。

「そりゃあまた、大変だったなあ。船ってことは、ひょっとしてソフィア教国に来たのは初めてだったりするのか？」

オレは同情を装いながらも、情報収集を続ける。

「うん、そうなんだ。だから僕、教国のこと全然知らなくって」

そう言ってオルフェはオレの方に身体を向けた。

「シモンは、星都サン＝エッラに行ったことがあるんだよね？」

「おう。酒場の姐さんに聞いたけど、お袋さんの故郷なんだって？」

オルフェは頷くと、荷物の奥から赤い布で包まれた『何か』を取り出す。

緩衝材代わりであろう赤い布を丁寧にまくった下から現れたのは、二十センチほどの真っ白な女性の石膏像。

櫃像――故人の遺骨を納めるための、生前の姿を象った像だった。

「母さんが亡くなって、もうすぐ一か月になるんだ」

どうやら母親のものらしい櫃像を抱えたオルフェは、懐かしむような顔で目を伏せる。

「僕を産んでから亡くなるまで、ずっと星都に帰れなくて。いつか、一緒に行こうねって約束してたんだ」

それに、とオルフェは顔を曇らせる。

「色々あって住んでいた所に居られなくなって、父さんも……いなくなってしまったから。正直、他に行く当てもなくて。だから、お金を貯めて星都に行って、ひっそり暮らしていけたらなって思ったんだ……ゴメンね、暗い雰囲気になっちゃった」

「いや、こっちこそ悪かったな……星都に行くのは、お袋さんを弔うためか」

赤い布で櫃像を丁寧に包み直しながら、オルフェは目を伏せて曖昧に微笑む。

――これが演技だったら大したもんだが……。

オレはオルフェについて分かった事を整理しながら、どうすべきかを考える。

まず悪魔の力が籠った演奏から、何らかの形で悪魔と関わりがある事は確定。更に言えば『悪魔の島』での異変について知っている可能性が高い。

ただ、今の状況では聞き出そうにもとっかかりがないし、もし戦闘になれば下に居る姐さんや周りの住民を巻き込みかねない。

そして星都に行く目的は母親を弔うため。これは多分……嘘を言っていない。星都に向かうだけならば、ここまで凝った作り話はいらないからだ。

ただ祓魔師として、オルフェをここで見逃す選択肢はない。

オレは少し考えてから、こう切り出した。

「なら、オレと一緒に星都に行かないか？」

オレの提案に「え？」と顔を上げたオルフェに、オレは人好きのする笑顔で続ける。

「教国に来たのが初めてなら、星都への道も分からねえだろ？　オレも丁度星都に用事があるし、ついでに道案内できるぜ」

「え、えーと……申し出は、ありがたいんだけど……」

躊躇うオルフェにオレは更に畳み掛ける。

「それに、星都には知り合いが何人かいるんだ。お前の住む場所探すくらいなら手伝ってもらえるよ」

「ん、んー……」

先程よりも主張が弱くなったオルフェに、オレはもうひと押しを加えた。

「お袋さんのご家族、探したくねえか？」

その言葉に、オルフェの緑青の瞳が大きく揺らぐ。

「母さんの、家族……」

「ああ。例えば、お袋さんの父親や母親——お前にとっての祖父さんと祖母さんとか。お袋さんに兄弟姉妹がいたら、おじさんにおばさん、いとこだって居るかもしれない。もし居るならその人たちは、お前にとっても家族なんじゃないか？」

「僕の、家族……」

疑いながらも、ほんのわずかに期待が籠った声で呟くオルフェに、オレは胸を張って笑みを浮かべる。

「こう見えて、オレは色んな所に顔が利くんでね。住処探しのついでに人探しだってお手のモンさ。それに星都は広いからな。お前のお袋さんが何処に住んでいたとか、お袋さんの家族が今も生きているのかとか、伝手もねえのに調べるのはちょっとばかし骨が折れるぜ？　もちろん、嫌なら無理強いはしねえ。決めるのはお前だ、オルフェ」

どうする？　と投げかけてみれば、オルフェはややあってこう言った。

「シモン。君の提案はとても嬉しいのだけれど……どうして、僕にそこまでしてくれるんだい？」

馬鹿正直に答えるわけにもいかないので、オレは肩をすくめて返す。

「別に。しいて言うなら一人旅に飽きたのと、お前の歌をもっと聴いてみたいからだな」

想定外の返答にキョトンとした顔のオルフェをそのままに、オレは立ち上がって部屋のドアに向かった。

「なあ、夕方は何刻に弾くんだ？」

「え、えっと。赤馬の六刻からだよ」

「じゃあ、そん時にまた来るよ。もし断っても、星都までの道くらいは教えるさ」

そうしてオレはヒラリと手を振って、オルフェの泊まる部屋を後にする。

窓辺に居た鳩は、いつの間にか二羽ともいなくなっていた。


オルフェとの話を終えた後、オレは一度教会に戻って荷物を整理し、夕食はいらないと伝えて再び酒場へと顔を出した。

酒場は既にかなりの賑わいを見せていたが、それでも外まで人が溢れていた昼間に比べればマシな方で、オレはまばらに空いていたカウンター席に素早く腰掛ける。

「いらっしゃい。あら、また来たのアンタ」

「賄い美味かったから、ちゃんと金払ったものも食べたくてさ」

「ま、調子良いこと言って。どうせオルフェ目当てでしょ」

酒場の姐さんに苦笑を返しつつ、オレはエールと肉料理を頼む。さほど待たずに出されたそれらをつまみながら時間を潰していると、隣の席に見知った顔が現れた。

「よお。邪魔するぜ」

「あ、おっちゃん」

武器店のおっちゃんは姐さんにオレと同じものを注文すると、こっそりとオレに尋ねて来る。

「それで、どうだったよ。例の吟遊詩人」

「どうもなにも。ハチャメチャに顔が良いだけの世間知らずな兄ちゃんだよ」

そう伝えると、おっちゃんは露骨にホッとした顔になった。

「そうかそうか。本職の兄ちゃんが言うなら間違いねえな。いや何、女一人で店切り盛りしてる所に若い男が転がり込んだなんて聞いたら、心配でよお……」

言いながら、料理をしている姐さんをチラリと盗み見たおっちゃんの態度で、オレは全てを察した。

——そんなに心配なら、さっさと口説いちまえばいいのに。人生、好きに生きた者勝ちだぜ？

なんて考えていると、赤馬の六刻の鐘が鳴った。静まり返った酒場に、美貌の詩人が降りてくる。

陽光に煌めいていた亜麻色の髪は、蠟燭の下で妖艶な影を落とし、秘境の湖を思わせる澄んだ瞳は、灯りを照り返して幽かに揺れる。薄暗い酒場の中でさえくすむことのない真珠の肌が、殊更に香気を放っていた。

「こんばんは、皆さん。今日も一日お疲れ様です。演奏を始める前に、少しだけお話しさせて下さい」

昼間と同様、酒場の中央で椅子に座ったオルフェが、客を見回しながら口上を述べる。

「実は、旅の方に星都まで案内していただけることになりまして。急な話になりますが、明日、この街を発つことにしました」

その宣言に、酒場中が大きくどよめいた。客たちが顔を見合わせながらオルフェの出立を惜しむ中、オルフェの眼差しがオレを捉え、白皙の美貌に微笑を浮かべる。

――いよっし！　口説いたった！

オレだけに向けられた視線、オレだけに意味が分かる笑み。戸惑うばかりの客たちの様子に、ニヤケ笑いが止まらない。

「おい、兄ちゃん。アンタまさか……」

「惚れたらすぐ口説くのがオレの流儀でね。グズグズしてたら、他に掻っ攫われるぜ？」

「お、俺は別に……」

まごつくおっちゃんを尻目に、オレはオルフェの口上の続きに耳を傾ける。

「僕もこの街に別れを告げるのはとても名残惜しいです。ほんの数日でしたが、この街で過ごした時間は本当に穏やかで、優しかった。家族を亡くしたこの身に、有り余るほどの喜びでした。こんなにも良くして下さった皆様に、僕が返せるものは歌しかありません。それでもせめて此処で奏でる最後の曲を、皆様への感謝を込めて歌わせていただきます。どうかご清聴いただければ幸いです」

口上を終えて一礼したオルフェに、オレと客たちは温かな拍手で応えた。オルフェはほんの少し潤んだ目で微笑むと、もう一度深く礼をして、竪琴を手に取った。

演奏と同時にオレの首の裏に痛みが走り、酒場の景色は一転して夜の大海原となる。

「♪嵐を切り裂く黄金の鳥よ　この船を導きたまえ！　悪魔の手を振り払い　輝く朝日の下へと！」

高らかな祈りから始まったのは、教国で知らぬ者はいない有名な聖歌、『船を導く黄金の鳥』。

悪魔に襲われたとある国から船に乗って逃げる、二人の兄妹の逃避行の歌だ。

オルフェの指が弦の上を滑り、幾重にも重なる激しくも悲しげな旋律が響く。

「♪暗くうねる海原　空には星もなく　幼き兄妹は　ただふたり船の上　悪魔の影に脅え互いに身を寄せる」

暴風と横殴りの雨の中、黒い波の先端で大きく揺れる粗末な帆船。甲板では一組の少年と少女が、いつ転覆してもおかしくない恐怖に耐えながら抱き合っている。

「♪『兄さん　大丈夫　私の手を離さないで』『妹よ　大丈夫　二人なら何処までも行けるさ』」

――？　なんだ？　この嫌な感じ……。

澄んだ高音と芯のある低音を使い分け、兄妹の掛け合いを一人で表現するオルフェの技巧に聴き惚れていると、不意に妙な悪寒に襲われる。曲が進むにつれ、首の後ろのざわつきがドンドン強くなっていく。

「♪吹きすさぶ嵐に負けず　励まし合う二人の　ささやかな願いも虚しく　雷が空を裂いた――」

オルフェの演奏とオレの危機感が最高潮に達した瞬間。

轟音と共に、酒場の天井が崩れ落ちた。

客たちが突然のことに戸惑う中、酒場の中央でもうもうと上がる土煙から、一際大きな影が現れる。

黄土色の毛皮を纏った四足の巨軀の前脚は鉤爪、後ろ脚は蹄。尾のある筈の場所から生える、人の二の腕よりも太い緑の蛇。曲がりくねった巨大な角を持つヤギと、炎のように逆立つ鬣の獅子の二つの頭を持つ奇獣。

聖典に曰く、『嵐を呼ぶ者』――キマイラが、二つの頭から禍々しい咆哮を上げた。

「い、いやああああ!!」

店主の姐さんの声を皮切りに、客たちが叫びながら一斉に外へ走りだす。オレは咄嗟に隣に居た武器店のおっちゃんを呼び止めた。

「おっちゃん！　街の連中、全員教会まで誘導（ゆうどう）してくれ！」

「わかった、お前さんは!?」

「決まってんだろ、仕事すんだよ」

背負っていたボウガンを構えれば、おっちゃんは何も言わずに頷（うなず）いて、姐さんの腕を引き外へと向かった。

「【星女神（エッラ）よ。我が身と武器に退魔の加護を授（さず）け給（たま）え】」

オレは逃げる客を目隠（めかく）しにカウンターの中に飛び込み、【身体強化】と【武器強化】の秘跡（ひせき）をまとめて唱え、ボウガンの照準を未（いま）だ動かないキマイラに合わせる。

「……ようやく見つけたぞ、『贄（にえ）の御子（みこ）』よ」

「崇高（すうこう）な使命から逃げ、人間の真似事（まねごと）とはな」

見ればライオン頭とヤギ頭が、自分の下に居る『誰（だれ）か』に交互（こうご）に話しかけている。

──あ？　誰と話して……。

そこまで考えて、ふと気づく。

キマイラが降って来た酒場のど真ん中に、ついさっきまで誰が居たか。

「う、るさい……僕は、島には、戻（もど）らない」

キマイラの視線の先。鋭（するど）い爪の生えた前脚に押さえつけられた一人の青年。

壊（こわ）れた竪琴の傍（かたわ）らで、白皙の美貌を痛みに歪（ゆが）めたオルフェが、キマイラを睨（にら）みつけている。

——額から、悪魔と同じ紫色の血を流して。

愕然とするオレの前で、オルフェを上から押さえつけたキマイラが嘲笑う。

「お前の意思など関係ない。その矮小な身を、我らの悲願の糧として捧げるがいい！」

そう言ってキマイラが鋭い鉤爪の生えた前脚を振り上げた瞬間、オレはいろんな感情を置き去りにして、カウンター越しにボウガンの引き金を引いた。

「グオッ⁉」

「ギャアオ⁉」

連射機能付きのボウガンから吐き出された矢は、キマイラの巨軀を見る間にハリネズミに変えていく。

「よお！　イイ尻してんな子猫ちゃん！　いや仔山羊ちゃんかあ⁉」

カウンターを乗り越え、大量の矢羽を生やすキマイラの後ろに回り込んで、マガジンに込められた矢を全て打ち込む。

「おのれ、何者——」

二つの頭の内、振り向いたライオンの頭の鼻っ柱に星水が入った瓶を投げつけた。瓶から溢れた星水をもろに浴びたライオン頭は悲鳴を上げて悶絶する。

オレはボウガンを捨てて、背中の山刀を抜きながら即座に走ってライオン頭の側面に回り込む。そのまますれ違いざまに首をかき切ろうとしたが――。

「シャアアア！」

「うお危ねっ！」

尾から生えた緑の蛇が、牙をむいて襲い掛かって来たのを咄嗟に跳んで避ける。そこに、悶絶するライオン頭にお構いなしのヤギ頭が、巨大な角をこちらに向けて突っ込んで来た。

「ハッ、上等！」

【身体強化】で上がった脚力でキマイラの双頭を跳び越える。そして勢いそのまま空中で回転し、オレを捕まえようと身体を伸ばしていた蛇の頭を切り飛ばした。

キマイラは悲鳴を上げながらも突進の勢いを止められず、そのまま壁に激突。頭をぶつけた拍子に錯乱したのか、店内の椅子や机をその巨体で弾き飛ばしながら暴れだし、酒場全体が軋み始める。

「不っ味い……オルフェ！」

オレは即座に踵を返し、立ち上がろうとしていたオルフェの腕を掴んで、無理矢理引きずるように入り口へ駆けだした。

「シモン、君、一体……」

「口より先に足動かせペチャンコになんぞっ、痛ぅ!!」

入り口まであと半歩の所で、首の後ろに凄まじい痛み。咄嗟に山刀を投げ捨て、オルフェを抱きかかえて外へ跳ぶ。

「こ、の、人間風情があぁあああああ!!」

閃光、轟音、爆風。酒場の瓦礫の残骸がすぐ横を掠める。

オレは両腕でオルフェを抱え込んだまま、幾度も叩きつけられながら勢いよく地面を転がった。

「カハッ……っ痛ってえーなぁ、クソが……」

いくら【身体強化】をしていても、限度ってもんがある。悪魔の攻撃直撃は、流石に無傷という訳には行かず、吹き飛ばされた痛みとダメージで即座に動けそうもない。

――絶体絶命、って奴か。

「おい、オルフェ。生きてるか?」

仰向けになったオレの胸に抱き込まれていたオルフェは、オレの声に反応して緩慢な動きで顔を上げる。

「シモ、ン……?」

乱れてもなお艶やかな亜麻色の髪。土と埃と紫の血でドロドロになった瞼の下から覗く潤んだ緑青の双眸。

唇から覗く熟れた舌。吐息。かすれた声で紡がれる、オレの名前。

服越しに伝わる体温以上に、オレの身体が内側から熱くなった。

「おう……ちょっと、動けるなら可及的速やかに立ち上がって逃げてくれねえか？」

「……何で助けてくれたの？」

「いいから、さっさと逃げろってんだよ」

「ちょっと待って。今、治すから」

オルフェは身を起こして、オレの頭越しに腕を伸ばす。破けた服の胸元に目を奪われているると、オルフェの手の中には、昼間に見た母親の櫃像があった。おそらく建物が壊れた拍子に飛ばされたであろう櫃像を、オルフェは両手で持って胸の前に掲げ、祈るように目を閉じる。

「母さん、お願い。力を貸して」

オルフェがそう唱えると、櫃像が柔らかな白い光を放ち始める。同時に、オレの身体から痛みが瞬く間に消えて行った。

「嘘だろ……【治癒】の秘跡？」

うん、と頷いたオルフェが続ける。

「母さん、星都じゃ『癒しの聖女』って呼ばれてたんだって。死んでからも、その力が遺骨に残ってるみたいでね。同じ血が流れる僕になら、その力を引き出せるんだ」

話している間にも、オルフェの傷はオレ同様に癒えていき、紫の血が流れ出ていた額の傷もすっかり綺麗になった。

【身体強化】【武器強化】などの秘跡は、教会で信仰を誓った者に星女神が授ける奇跡の力。中でも【治癒】の秘跡を授かるのはごく少数。

それこそ――オレが赤ん坊の頃、星都を襲った悪魔に攫われた聖女さま、とか。

「おのれぇ……忌ま忌ましい星女神の狗めがぁ……」

バキリ、と瓦礫を踏み砕きながら、キマイラが殺気も露わにこちらへゆっくりと向かってくる。身体中に突き刺さっている矢が、オレたちの見ている前でボロボロと黒く朽ちて崩れていく。

オレは立ち上がってオルフェの前に立ち、キマイラの巨軀と向き合った。

「ようチビちゃん、フラッフラだなあ。尻尾巻いて帰るんなら今の内だぜ？　あ、そう言やさっきオレが斬っちまったんだっけ？　ごめーんねー⁉」

「傷が癒えた程度で調子に乗るなよ小僧。半魔の力を借りるような祓魔師に、ワシらを討てるはずもなかろうが」

オレの後ろで、ヒュ、とオルフェが息を呑む。

半魔。悪魔と人間の間に生まれた種族。七星教内では『忌み子』と呼ばれ、祓魔師の推奨討伐対象に入っている。

星水をかぶって爛れた顔のライオンが、オルフェに厭らしい笑みを向ける。

「そうとも、その男は祓魔師。お前が半魔と知れた今、その男にお前を守る意味などないぞ？」

土で汚れたボサボサのひげを揺らしながら、ヤギ頭はオレにこう言った。

「どうだ、祓魔師。半魔をかばうなど、お前の信仰に反するのではないか？　今其奴を渡せば、貴様にもこの街の人間にも手は出さぬぞ？」

ニタニタと笑う双頭の獣に、オレは純粋な疑念から問いかける。

「どうして、そこまでコイツを狙う？」

「『我らが天の国へ攻め上るための贄だからよ！』」

キマイラの双頭が、興奮を隠そうともせず声高に語りだした。

「我らが蓄えた人間の魂を燃料に、『箱舟』に乗って我らは再び天に昇る！」

「そして星女神に代わる新たな『神』を戴くのだ！」

黙ったままのオレに、ヤギとライオンが交互にまくし立てる。

「其奴は『箱舟』を動かすための鍵。旧き明星の魔王が聖女に産ませた、天地を繋ぐ階ぞ！」

「其奴を渡しさえすれば、我らは地上を離れ去り、人間に危害を加える事はない！」

「人間の平和！　悪魔なき世界！　貴様ら星女神の下僕にとって、それはまさしく悲願ではないか！」

「『さあ、寄越せ！　我らの贄をこちらに寄越せ‼』」

「――うるっせえんだよバ――――カ‼‼‼」

　オルフェを寄越せと絶え間なく喚き散らすキマイラに、オレはとうとう我慢の限界を迎えた。

「ったく、ニャーニャーメーメー盛りやがってよぉ。星女神の代わりに別の神？　要らねえわクソが。それでよくオレに信仰に反するだの信徒の悲願だの言えたな」

　ペッ、と地面に血混じりの唾を吐き捨て、オレは続ける。

「いいかよく聞け。凄腕祓魔師シモン様はな、アホ丸出し悪魔構文にひっかかるほど寂しい生き方なんざしてねえんだよ」

　右手の手袋を脱ぎ捨てて、手の甲の七芒星を見せつければ、キマイラは顔を引きつらせてわずかにたじろいだ。

「聖典も読めねえチビちゃんに教えてやるよ。序文に曰く、『星女神は、星と共に常に生命の傍らに』だ。半魔だから？　関係ないね。オレは、オルフェを見捨てて独りになんかしねえ。オレの手が届く誰一人として独りにしねえ。これがオレの信仰で、信徒としての在り方だ。そして、何より！」

　左手の親指で背中越しにオルフェを示し、オレは言った。

「お前らの汚え鳴き声より、コイツの歌の続きが聴きてえんだよ！　よくもそんな下らねえ事情で演奏の邪魔してくれやがって！　オルフェ！　お前もなんか言ってやれ――」

　牽制に右手の七芒星をかざしたまま振り返った瞬間、オレは言葉を失った。

　真っ白な母親の櫃像を片手に、埃まみれのまま座り込んだオルフェが、オレを見上げて涙を流している。

　涙は女の武器なんて言うが、澄んだ緑青の瞳から溢れる雫は、性別なんて関係なしに、今まで受けたどんな暴力よりも凶悪だった。

「……ねえ、シモン。僕ね、何にもないんだ」

　ポツリ、とオルフェが消え入りそうなか細い声で呟く。

「母さんも死んで、家も燃えて、父さんが戦ってるのに、僕は逃げることしか出来なくて……僕、ぼく」

　囁きよりも小さな祈りが、確かに俺の耳に届いた。

「もう、独りはいやだよ」

　オレは跪き、オルフェの瞳を真っすぐ見据えて、誓った。

「約束するぜ、オルフェ。オレはお前を独りにしねえ、泣かせねえ、そして——悪魔なんぞに渡しやしねえ！」


そう宣言すると、オレの背後で二頭の獣が吠える。

「下らぬ？　我らの悲願が下らぬだと⁉」

「半魔の涙に惑う程度の分際で！　身の程を思い知らせてやる！」

怒り散らすキマイラを中心に、パリパリと火花を上げながら風が集まっていく。立ち上がったオレの首の後ろが、再び危機を訴えて来た。

「ヤッベ、煽りすぎた。走るぞオルフェ！」

「大丈夫だよ、シモン」

涙をぬぐって立ち上がったオルフェが、櫃像をキマイラに向けて掲げる。

「【星女神の加護篤き癒しの乙女】【女神に抗いし旧き明星の魔王】【二つの血により我は命ずる】」

古代語による魔術の詠唱と共に、櫃像を中心に黄金に輝く魔法陣が現れる。

「【来たれ我が手に】【聖琴エウリュディケ】」

光が櫃像を包み込み、あるべき形へと収束していく。

祈りを捧げる乙女の像が彫られた美しい黄金の竪琴——聖琴エウリュディケが、静謐な輝きを放ちながらオルフェの腕の中に収まった。

咆哮と共に、キマイラが雷を纏った暴風を放つ。同時に、オルフェの指が弦の上を滑り、幾重にも重なる聖琴の調べがキマイラの雷の風を全て打ち消した。

それだけじゃない。

「アアア!」

「やめよ!　その音をやめよお!」

キマイラが聖琴の音色を聴いた瞬間、身をよじって苦しみ出した。よく見れば、オレが全身に付けた矢傷と、切断した尾の傷が、まるで星水をかけた時と同じように煙を上げて焼けただれている。

「えっぐ。加護のダメージ増幅されんのかよ」

「うん。でも、止めを刺しきるまではいけない。だから」

「よっしゃ任せろ。専門分野だ」

オレはニッと笑うと、悶絶するキマイラに向けて駆けだした。

「【星女神よ。我が身と武器に退魔の加護を授け給え!】」

【身体強化】と【武器強化】を掛け直せば、普段以上に力が漲る。どうやら、聖琴エウリュディケには星女神由来の聖なる力を増幅させる能力があるらしい。

「おのれ、おのれえええ！」

「悲願を前に、倒れる訳には行かぬ！」

もだえ苦しみながらもキマイラは蝙蝠の羽を広げて、空へと逃げようとする。

「逃がすわきゃねえだろ、死に損ないがあ！」

オレは腰に括りつけていた鉤付きのロープを取り出し、振り回した鉤をキマイラ目掛けて投げつけた。秘跡で強化された鉤がぐるりと巻きつき、キマイラの胴を捉える。

キマイラはそれに構わずに高度を上げ、ロープを掴んでいたオレもろとも空を飛んだ。

オレは強化した腕力に任せてロープを手繰り、キマイラとの距離を徐々に縮めて行く。

「来るな、来るなあ！」

「墜ちよ、忌ま忌ましい祓魔師め！」

キマイラはオレを振り落とそうと、速度を上げて縦横無尽に飛び回る。歯を食いしばって必死にロープにしがみついていると、聴き覚えのある旋律が下から聞こえて来た。

「♪兄妹を追った悪魔の手が　暗雲の狭間から伸び　雷鳴に驚いた妹を　嵐の中へ連れ去った」

聖歌だ。『船を導く黄金の鳥』。酒場での続きが、オルフェと聖琴によって奏でられている。

「♪兄の悲嘆を　悪魔は嗤う　『お前も来い　妹と共にもう一度　家族に会わせてやろう』」

見上げれば、いつの間にか空が真っ黒な雷雲に覆い尽くされている。横殴りの雨が吹きつけ、地面に広がる大きく波打つ黒い海で、一隻の船が今にも転覆しそうになっている。

「♪贖罪と再会を　願う心のままに　船べりに手を掛けて　兄は海に身を躍らせようと――」

不意に、オレのすぐ横に鳥の羽が舞った。金色に輝く羽を散らしながら、一羽の大きな黄金の鳥が、嵐をものともせずに船の下へと降りて行く。

「♪『いいえ　兄さん　私はそこに居ないわ　その手を離さないで　二人なら何処へでも行けるわ』」

澄んだ歌声と共に黄金の鳥が海の上から舞い戻り、その眩い羽でキマイラの行く手を阻んだ。キマイラの動きが止まった隙に、オレは一気にロープを手繰り、とうとうキマイラの背に辿り着いた。

「クソ、退け！」

「おのれ、離れよお！」

「やかましい！　二匹いっぺんに喋んじゃ、ねえ！」

ロープの端を命綱代わりに腰に巻き、左脇のホルスターから剣鉈を抜いて、ヤギの頭に叩きつけた。けたたましい断末魔の叫びを上げて動かなくなったヤギの頭を踏み台に、逆手に持った剣鉈を振り上げる。

「は、祓われるものかぁああ!!」

ライオンの鬣から放たれた雷が、激しい閃光を伴ってオレに直撃する。

「っガ、ア……っ!」

聖琴で増幅された【身体強化】の効果で辛うじて意識は保ったものの、雷で痺れた身体は、オレの意思に反してキマイラの背から落ちる。焼け焦げた命綱が、身体を支えきれずブツリと切れた。

――くそ、もう少しで……!

「シモン!!」

海に落ちるオレの身体を攫ったのは、大きく広がる黄金の翼と、鳥の背で輝く竪琴を携えた美貌の詩人。

聖琴の調べが【治癒】の秘跡となり、身体の痺れを取り去っていく。

「助かった。ありがとよ、オルフェ」

オルフェは聖琴を奏でながら、柔らかく微笑む。そして強い意志の籠った緑青の眼差しをキマイラに向けて、高らかに歌い上げる。

「♪『悪魔よ　僕はもう迷わない　この手が選ぶのは　お前の穢れた手などではない！』」

　オルフェの歌に悲鳴を上げるキマイラの翼に向けて、腰の後ろに差していた手斧を投擲。

翼を根元から断ち切られたキマイラは、グルグルと回りながら落下していく。

「オルフェ！　上に飛ばせ！」

　オレの指示に、オルフェが黄金の鳥をキマイラの真上に飛ばす。オレは抜き放った二本の星銀の短剣を持って、鳥の上から飛び降りた。

「【理に背く者よ、去れ！　我が手は汝を退けん！　汝、己の悪を知り、善なる者に平伏せよ！】」

「♪嵐を切り裂く黄金の鳥よ　この船を導きたまえ！　悪魔の手を振り払い　輝く朝日の下へと！」

　白銀の短剣が、旋律と共に黄金の光を纏い、剣となる。落下の勢いそのままに振り下ろされた金銀の混じる光剣の軌跡が、キマイラの首元で交差した。

「ア――アアアア!!!!!!」

　胴と首が切り離されたキマイラは、紫の血を吹き上げながら、最期の絶叫と共にうねりを上げる黒い海の中へ墜ちて行った。

「はーあ、太っ腹なこったな。あんだけ稼いだのに、ポンと寄付しちまうんだから」

「シモンだって同じことをしただろ？」

「あれは祓魔師としての世渡りだっつの」

キマイラの討伐から一夜明け、白み始めた空の下でオレはオルフェと並んで街道を歩いていた。

昨夜の討伐後、教会に悪魔の出現を報告。その後、怪我人の治療費と破壊された店の修復代として、キマイラから回収した魔晶の代金の大半を寄付という形で教会へ渡したのだ。

そして何を思ったのか、オルフェ自身も店に埋まった今までの稼ぎを全て教会へ寄付すると言い出した。オレも最初は反対したものの、『次の街でまた稼ぐから』という言葉に、今回はオルフェの意思を尊重することにした。

「変にケチって騒ぎ立てられたら、お前のこと悪く言う奴が出るかもしれねえだろ。『よそ者が悪魔を呼んだんだ』ってな」

「うん……本当に迷惑をかけてしまったよ」

一か月前に起きた『悪魔の島』の天変地異。あれはオルフェの父親が、オルフェを島から逃がすための戦いで起きたらしい。

その単騎で天変地異を起こせる悪魔——旧き明星の魔王ルキフェルと戦っていたのが、キマイラを始め悪魔連中が新たな『神』と崇める悪魔。

そいつこそ、『箱舟』にオルフェを捧げ、天の国へ攻め込む計画の主導者らしい。

「その悪魔どもが言う『神』に心当たりはあるか？」

「ううん。母さんが家に結界を張って、僕が攫われないようにしてたから」

「で、お袋さんが亡くなって、結界がなくなった所を襲われて逃げて来た、と」

無言で俯くオルフェの頭を、オレはわざと乱暴に撫でる。

「わっ、ちょっとシモン！」

「なあに安心しろ！　どんな悪魔だろうが関係ねえ！　凄腕祓魔師シモン様に任せとけってんだ！」

オレはオルフェと肩を組み、目を合わせてニッと笑う。

「独りにしねえよ、絶対に」

「……うん！」

見上げれば、天の果てまで見通せそうな澄み切った空。金色に輝く朝日の中を、二羽の白い鳩が羽ばたいていった。

第二章　迷いの森のトラツグミ

薄雲のかかる細い三日月の下。星都サン＝エッラの裏路地を、風の精霊たちに導かれながら進む。

《夜が更けると、雲が増えるよ》

すぐ側を通り抜けながら囁く精霊たちの声に、ほんの少しだけ歩調を早めた。目を覆うように伸ばした前髪が、一歩ごとに鬱陶しく揺れる。

このところ続いた雨でぬかるんだ地面に足を取られぬよう、精霊の案内で入り組んだ路地を慎重に歩いて辿り着いたのは、饐えた臭いが充満する貧民窟だ。

足元をドブネズミがキィーと鳴いて通り過ぎる。鼻が痛いほどの悪臭に顔を顰めていると、精霊が前方を指差していた。

その先に居たのは、濃紺のヴェールを頭から被って静かに佇む、目当ての背中。

「聖女さま……」

「どうか、どうかお救い下さい……」

足元に群がりひれ伏す貧民たちの前。『聖女』と呼ばれた彼女は、先頭に居る目を閉じた老人の頭上に手をかざす。

「【星女神(エッラ)よ。我が手に癒(いや)しを宿し給(たま)え】」

彼女の掌(てのひら)から発された柔らかな黄金の光が老人を包むと、老人の瞼(まぶた)がゆっくりと開き、一筋の涙(なみだ)を流した。

「おお、目が……目が見える……」

老人の言葉に、感嘆(かんたん)の溜息(ためいき)が細波(さざなみ)のように連鎖(れんさ)する。期待と不安をない交ぜにした貧民たちの眼差しを余さず受け止め、彼女は穏(おだ)やかな声で告げた。

「症状(しょうじょう)の重い方から、順番に癒していきますね」

そこから言葉の通り、彼女は自らの力を惜(お)しみなく貧民たちに振るい始める。

「奇跡(きせき)だ……！」

「ありがとう、ありがとうございますっ……！」

ある者は怪我から、ある者は病から。聖女の癒しによって長年の苦しみから解放された彼らは、皆(みな)等しく涙を流し、彼女に感謝を示す。

そうして集まった貧民たちを一通り癒し終えた所で、自らの頭上に漂(ただよ)う風の精霊に気づき、彼女はパッと僕の方を振り向いた。

その拍子(ひょうし)に、被っていたヴェールが肩に滑(すべ)り落ちる。

「マラディ！　来てたの？」

背中まで伸ばした亜麻色の緩やかな巻き毛が波打ち、陽光を照り返す湖のような緑青の瞳が僕――マラディの姿を捉えた瞬間、ニパッと歯を見せて彼女は笑った。

「帰るよ、アミカ」

「フフ、はーい」

そう促せば、彼女はヴェールを被りなおして、軽やかな足取りで僕の隣に立つ。

「帰ろ、マラディ」

そこに居たのは、数百年ぶりに【治癒】の秘跡を授かった稀代の聖女ではない。

幼馴染の、ただのアミカだった。


「いつも言ってるじゃないか。抜け出す時は教えて欲しいって」

「だって、マラディ。聖騎士の訓練、大変なんでしょ？　疲れてるかなって思ってさ」

精霊の言う通り、空を流れる雲が増し、行きよりも暗くなった足元に気を付けながら、僕とアミカは並んで夜道を進んでいく。

「それを言うなら、君だってそうだろ。昼は大聖堂で秘跡を使って、夜も貧民を治療して。ちゃんと休んでいるのかい？」

「大丈夫よ。お昼の休憩はちゃんといただいてるもの」

「夜は？」

「帰ったらすぐ寝(ね)るから平気」

「四刻(四時間)も寝られないじゃないか！」

「わっ、ちょ、シーッ！」

思わず上げた声の大きさをアミカに咎(とが)められ、僕は慌(あわ)てて自分の口を塞(ふさ)ぐ。辺りを見回し、風の精霊しか漂ってないことに、僕とアミカは顔を見合わせて安堵(あんど)した。

聖女が夜中に男と出歩いていた、なんて不名誉(ふめいよ)な噂(うわさ)が流れることだけは絶対に避(さ)けたい。

「……ごめんなさい。心配かけてるって、本当はわかってるの」

再び僕と並んで歩きながら、アミカはポツポツと語りだす。

「でもね、嫌(いや)なの。大聖堂に来られる人しか治癒できないことが」

僕らが信仰(しんこう)する七星教では『星と共に常に生命の傍(かたわ)らに』という聖典の教えの下、貧民への施(ほどこ)しを教会の義務として定めている。

大聖堂では施しの一環(いっかん)として、白馬の三刻(午前九時)から赤馬の六刻(午後六時)の間に訪(おとず)れた病人・怪我人の治癒を無料で行っていた。だが――。

「だって、大聖堂には謝礼を持った人しか来られないのよ？　しかも、謝礼の多い順に治療(ちりょう)するだなんて、冗談(じょうだん)じゃないわ」

そう。施しは建前の上では報酬(ほうしゅう)を受け取らないことになっているものの、治療を受けた患者は個人的な感謝の証として、布や香料などの謝礼を持っていく慣習があった。慣習を守らない人間が周りからどう見られるかは、言うまでもない。

そして謝礼の品は、各聖堂・教会の貴重な収入源だ。何より、施しに必要な物や人員を揃えるためにはそれなりに費用がかかる。

――それに、より多くの謝礼を受け取れた方が好ましいと考える聖職者が、いないわけでもないからな。

「おかしいじゃない。医者にかかる蓄えのない貧しい人のための施しなのに、謝礼を出せなきゃ後回しにされるなんて」

貧しい者への施しを続けていくために、より多くの謝礼を出す人間が優先されるという矛盾。神の教えが人の都合に阻まれる現実を、アミカは聖女になってからずっと目の当たりにし続けていた。

「謝礼を出せないからって、治癒を受けることを躊躇う内に症状が悪化する方もいるのよ。それじゃあ施しの意味がないじゃない。上の人たちだって分かっているのに、どうして何もしようとしないの」

頭上で雲が音もなく三日月を覆う。アミカの横顔が、黒い影に呑まれていく。

「本当に必要な人に施しが届かないのなら、私があそこにいる意味なんて――キャッ！」

バシャッ！　と大きな水音と共に、僕の靴に泥がかかる。暗い地面に紛れた水溜まりに、アミカが思い切り足を突っ込んでしまったらしい。

「やだ、ごめんマラディ！　全然下見てなかった！」

「ううん。僕こそ気づかなくてごめん」

はあ～、と落胆と苛立ちが混ざる溜息を吐きながら、アミカは緩慢な動きで水溜まりから抜け出す。汚れた靴と泥水を吸ったスカートに、ガックリと肩を落としたアミカを見て、僕はこっそりと風の精霊に頼んだ。

「《人が居たら教えて》」

精霊たちが頷いて飛び去ったのを確認した僕は、静かに深呼吸をしてから、項垂れるアミカに声を掛ける。

「アミカ、つかまって」

「へ？」

了承の返事を聞く前に、僕は彼女をひょいと横抱きにした。

「えっ、ちょ、ま、マラディ!?」

「道、ぬかるんでるからさ」

そう言って僕は彼女に何か言われる前に、早足で歩きだす。柔らかな身体を持ち上げる掌が汗ばんでいるのに、気づかれない内に帰りたい。顔に当たる空気が冷たい。きっと今、僕の顔は真っ赤になっているんだろう。

——ああ、月が隠れていて本当によかった。

両腕に感じる重さとぬくもりをなるべく意識しないよう、泥が跳ねるのも構わず進み続けていると、腕の中からアミカが尋ねる。

「ねえマラディ……靴、汚れちゃうよ？」

「大丈夫、汚れても平気な靴だから。それより、ちゃんと」

つかまってて、と言う前に、不意に前髪を掻き上げられ、思わず立ち止まった。

アミカは掻き上げた前髪を僕の尖った耳に向かって流し、露わになった僕の目元をそっと撫でる。

「フフ、きれいなお月さま」

僕の瞳を見つめながら、アミカは優しく微笑んだ。

濃紺の瞳の下半分に、銀灰が細い弧を描く『混ざり眼』。人に見えない精霊が見える、精霊と人の混血の証。

人ならざるものの目を、いつだって忌避することなく「きれい」と褒めてくれるのは、アミカだけだ。

「♪――手を繋いで　森を出よう　トラツグミの声　追いかけて」

暇を持て余したのだろうか。夜道に響かない程度の声で、アミカが歌いだす。

しかも僕が音痴なのを知ってるくせに、歌いながらチラチラと期待を込めた眼差しを送ってきた。

「♪ヒー　ヒー　と夜の森　♪ヒー　ヒー　と夜の森……」

何度も同じ旋律を繰り返し、『一緒に歌うまで続けてやる』という姿勢を崩さないアミカに根負けした僕は、渋々と口を開いた。

「♪冷たい風も　葉擦れの音も　恐れはしないさ　トラツグミの声　聞こえれば――」

調子はずれな僕の歌を気にする素振りもなく、アミカは僕の肩に頭を預けたまま歌う。

「♪夜の森なんて怖くないさ　雲は必ず晴れるから　どんな道でも進めるさ　月が僕らを照らすから」」

パチリ、とお互い目が合って、どちらからともなくクスクスと笑う。

僕たちはきっと、何があっても大丈夫。二人でなら、どんな困難な道だって一緒に歩いていける。

そう、信じあっていた――十八年前の、あの夜までは。

「あなたに星女神の祝福がありますように」

　修道女の決まり文句と共に欠けた椀に注がれたぬるいスープと、小さな固いパン一切れ。

　一日の命を繋ぐわずかな糧を持って炊き出しの列を後にする男に、秘境の湖を思わせる美しい目が興味深そうに引き寄せられる。

「こら、オルフェ。他人様のことジロジロ見るもんじゃねえの」

「あ、ごめんよシモン。なんだか気になっちゃって」

　教会前の広場に並ぶ貧民の列を横目に、オレ——シモンは、オルフェの腕を引っ張って人混みの中を歩いていく。

　痩せこけた赤子を抱く女。片腕のない老人。鼻のない妊婦。むくんだ顔の男。

　誰もが垢と汗の臭いを纏って、具のないスープ一杯のために毎日をやり過ごし、施しの列に並ぶ光景。オレはもうすっかり見慣れてしまったが、生まれてからずっと悪魔の島に居たオルフェには珍しかったのだろう。

　キマイラ討伐から一か月半。オルフェの母親を弔うために星都サン＝エッラを目指す中、大きな街に着いたのは初めてだし、施しの場面に遭遇することもなかったから、尚更か。

――こうして見ると、ただの世間知らずな兄ちゃんなんだがなあ……。

物珍しそうに周りを見回すお上りさん全開のオルフェが、かつて星女神に反旗を翻した『旧き明星の魔王ルキフェル』と、十八年前の星都襲撃で攫われた『癒しの聖女』の間に生まれた半魔にはとても見えない。

しかも悪魔たちが天の国に攻め入るための『贄』として狙われているなんて、一体何の冗談かと思う。

人の魂を集めて動く『箱舟』とやらに『贄』としてオルフェを捧げて天の国へ攻め込み、星女神を討って新たな神を立てる――正直、計画のスケールがでかすぎて、今も実感が湧かないでいる。

――とは言え、実際に襲われてるからな……。

最初に襲ってきたキマイラを始め、オルフェと出会ってからここに来るまでに、追っ手らしき悪魔を何度か祓っていた。悪魔の側からすれば、天の国へ攻め込む計画の要であるオルフェを逃がしたくないし、半魔とバレて討伐されては、長年の準備も水の泡だ。そりゃ必死にもなる。

今までは二人でどうにか祓えて来たが、今後もそうだという保証はない。大物と遭遇する前に星都まで辿り着きたいところだが――。

「ねえシモン。今日は一緒のベッドで寝ない？」

不意にオルフェが、オレに腕を絡ませてそう言った。体温と一緒に漂って来た、白葡萄に似た肌の香りが鼻をくすぐる。

「なんでだよ。普通に二人部屋で良いだろ」

「母さんが言ってたんだ。『孤児院でマザーに隠れて友達のベッドに潜り込んで、こっそり夜更かししておしゃべりするのが楽しかった』って」

ご機嫌な笑顔でオレの腕にくっついて、オルフェは言った。

「だから僕も、シモンのベッドで夜更かししたい！」

「……あのなあ。他人のベッド入りたいとか、簡単に言うもんじゃねえの」

「あ、そうなんだ……ゴメンよ」

落ち込みながらも、オルフェはオレと腕を組んだまま離れる気配はない。

——友達、ねえ。

ずっと悪魔の島で母親に匿われ続けていたオルフェにとって、多分オレは生まれて初めての友達なんだろう。この一か月半、飯を食ったり、他愛もない話で盛り上がったり、本当に何気ない出来事を共にするだけで、オルフェは心から幸せそうな顔を見せる。

そしてそれは、今までずっと一人で各地を転々として悪魔祓いを続けてきたオレにとっても、新鮮な経験だった。

朝起きて二人で顔洗って飯食って、昼は宿か酒場で歌って稼ぎ、夜は互いの気配を同じ部屋で感じながら眠る。野営の時だって不慣れながらも積極的に手伝ってくれるし、食後に普段人前で弾かない、オルフェ自身が作った曲を聴けるのは何よりの役得だ。

そして、オルフェを取り返しに来た悪魔たちも、力を合わせて幾度となく祓って来た。

聖琴の調べと、天上の歌声が奏でる聖歌の旋律に、魂を震わせながら剣を振るう。限界を超えてどこまでも行けてしまいそうなあの感覚は、オルフェとでなければ味わえない。

そうして一緒に過ごすうちに……あるいは、最初に一目見たときから。オレはもう友達って言葉じゃ足りないくらい、オルフェにどっぷり嵌ってしまっている。

──じゃあ、オルフェは？

十八年前の襲撃以来、星都サン＝エッラは鉄壁の守りが敷かれている。星都に着いたら、オルフェはオレと一緒に悪魔と戦う必要がなくなるのだ。

オルフェは人に紛れて平和に暮らし、オレは今まで通り、一人で悪魔祓いを続けていく。

そして母親を知る人間と出会い、語り、親睦を深め、オルフェが独りじゃなくなった時……オレを、必要としなくなった時。

──オレは、オルフェの『何』になっているんだろうか。

柄にもなくウジウジしていると、オルフェが不意にオレの顔を覗き込む。

「ねえシモン」

「あ？　何？」

「僕がシモンのベッドに入っちゃダメなら、シモンが僕のベッドで一緒に寝るのは？」

さも名案とばかりの顔で言ってきたオルフェの鼻先を、オレは思いっきり中指で弾いてやった。

あー痛そう。ざまみろ、バーカ。

* * *

「うわあ……！」

宿で無事に二人部屋を確保した後、街の中心部にある広場に辿り着いたオルフェは、オレの隣で感嘆の声を上げた。

右ではいくつも重ねた椅子の上に腕一本で逆立ちをした軽業師に歓声が上がり、左では鮮やかな足捌きで衣装を翻す踊り子に惜しみない喝采が送られ、奥では張りぼての竜に戦いを挑む竜殺しの英雄の劇が演じられ、どこからか歌姫の豊かな歌声が響いている。

「初めてか？　教国名物『芸楽広場』はよ」

ソフィア教国の大きな街に必ずと言っていい程ある、音楽と芸術に関わる十二の神像が取り囲む石造りの広場。音楽と芸術の神々に芸を奉納するために、楽士や芸人が日頃磨いた技を披露する教国名物『芸楽広場』は、平日の昼間でも賑わいを見せていた。

「シモンと会う前に港街で見たことはあるけど、雰囲気が全然違うね」

「わかる。街の特徴みたいなもんが、すごく出るよな」

そんな雑談を交わしながら、広場の入り口にある受付へ向かう。受付に居た修道女が、オレたちにニコリと微笑んだ。

「ようこそおいで下さいました。ご奉納でしょうか？」

「はい。星都サン＝エッラに向かう巡礼の途中なんです」

そう言って、オルフェは首に掛けている巡礼章を修道女に見せた。

巡礼章は文字通り、聖地に向けて旅をする巡礼者であることを証明するものだ。宗教国家であるソフィア教国では、巡礼者を国を挙げて手厚く保護しており、宿代を割引されたり、関所の通行料も無料になる。

オルフェが今まで普通の旅人として関所代を払ってきたと聞き、教会まで一緒に行って発行してもらったものだ。オレだけ聖職者特権で関所を素通りするのも、申し訳ないからな。

「は、はい。確かに承りました」

オルフェと目が合った瞬間、ポッと頬を赤くした修道女だったが、何事もなかったかのように手続きを進めてくれた。

「では、こちらの献金箱をお持ちください。本来であれば参加費と合わせまして貸出料をいただいておりますが、巡礼者の方はどちらも無料になっております」

「どうも」

　オルフェが献金箱を受け取る隣で、帰りがけの芸人が献金箱の鍵を開けてもらい精算している。貰ったおひねりの三割はその場で徴収され、教会の取り分になるのだ。

「お連れ様はご観覧のみですか？　ご奉納のお手伝いであれば参加費を頂いているのですが」

「ああ、オレはこういう者です」

　手袋を外し、聖職者の証である七芒星の紋章を見せると、修道女は慌てて頭を下げた。

「知らなかったとは言え、失礼を致しました」

「お気になさらず。太陽の輝きが、善き日に導きますように」

「恐れ入ります。お二人の祈りに、光が満ちますように」

　聖職者同士の挨拶を済ませ、二人で広場へ足を踏み入れる。喧騒と密集する観客に揉まれながら良い場所があるか探していると、オルフェが腕を引いてオレを止めた。

「シモン、あの子」

　オルフェの視線の先では、オレらの腰くらいの背丈の幼女が、泣きそうな顔で忙しなく辺りを見回している。オレたちは頷き合い、観客の間を縫って幼女のもとへ行く。

「どうした、お嬢さん。迷子かい？」

しゃがんで目線を合わせて尋ねれば、緊張が緩んだのだろうか、幼女の潤んでいた瞳から、一気に涙が溢れだした。

「ヒック……おかぁさん……」

幼女は流れる涙の勢いとは裏腹に、か細い声で母親の名前を呼んだきり、オレのズボンの膝を掴んで離さなくなった。一先ず、さっきの受付まで送ろうかと思った矢先、隣から柔らかな竪琴の旋律が流れる。

「ねえ、君。お名前は？」

幼女はオルフェの顔を見た瞬間、ポカンと口を開け、それから下を向いてオレの陰に隠れ、ボソッと言った。

「……レラ」

「そうか。レラちゃん、お歌は好きかい？」

照れやなんだろう。ん、と頷いたレラちゃんは、オレのマントを握りしめ、ますます陰に引っ込んでしまう。

「それなら、僕たちと一緒に歌いながらお母さんを待とう？」

無言で首を縦に振ったレラちゃんがオレのマントの中に避難しようとしたので、片手でやんわりと制した。中、武器だらけで危ねえからな。

「レラちゃん、どんなお歌が好きだ？　このお兄ちゃん何でも歌えるぞ～」

小さな手でオレのマントをにぎにぎしつつ、レラちゃんは上目遣いでオルフェを見上げる。

「……らららいるるろー、知ってる？」

「うん、知ってるよ。楽しい曲だよね」

オルフェの同意に、パッと瞳を輝かせて、レラちゃんは力強く何度も頷いた。

「シモンは知ってる？」

「知ってるけど、『♪ラララライ　ルルロー』のメロディー強すぎて曲名忘れた」

「『麦畑のシュレフィー』だよ」

苦笑しながらオルフェはその場に献金箱を置いて座り込み、優美な手つきで竪琴を奏でだす。周りが何事かと足を止める中、オレも片膝を立てて座り、レラちゃんを寝かせた方の膝の上に座らせた。

「♪麦の穂波を　揺らして踊れ　ラララライ　ルルロー　ラララライ　ルルロー」

オルフェの声に籠った魔力で、首の後ろがピリリと痛む。

次の瞬間、軽快なメロディーと共に、オレたちの周りに一面の麦畑が現れた。オルフェの文字通り〝悪魔的〟な演奏技巧によって引き起こされる幻視は、相変わらず圧巻の一言に尽きる。

「♪風の吹くまま　手を打ち鳴らせ　ララライ　ルルロー　ララライ　ルルロー」

「♪ららら い、るるろー　ららら い、るるろー」

膝の上のレラちゃんに合わせて、オレも一緒に手を叩く。手拍子で気分が乗って来たのか、オルフェも身体を揺らしながら、歌声をのびやかに響かせた。

「♪皆で輪になり　足踏み鳴らせ　ララライ　ルルロー　ララライ　ルルロー」

オルフェの演奏に足を止めた観客たちも加わり、手拍子がドンドン大きくなっていく。

「♪輪の上で舞え　風の精霊シュレフィー　ララライ　ルルロー　ララライ　ルルロー」

ララライルルロー、ララライルルロー、と観客たちの合唱が広がっていき、遂には大道芸人や踊り子までもが参加し始めた。そして――。

「レラ！」

「っ、おかぁさーん！」

オレの膝から立ち上がったレラちゃんが、泣きそうな顔で駆け寄って来たお母さんの胸に飛び込む。オレに気づいて頭を下げたお母さんに手を振り、オレも手を叩きながら立ち上がると、オルフェも演奏を続けながら腰を上げた。

「♪歌え　踊れ　祝えや祝え　祈り　実り　笑えや笑え」

揺れる稲穂と踊る観客の輪の中心で、二人で歌いながら向かい合ってクルクル回る。

「『♪ラララライ　ルルロー　ラララライ　ルルロー　ラララライ　ルルロー　ラララライ　ルルロー』」

視線を交え、声を重ね、同じ旋律に身を委ねて、心のままに歌い踊る。

不安も、恐怖も、疑心も忘れて、永遠に踊り続けていたくなる楽しいだけの時間――。

「――アミカ!!」

それはあまりに突然、あっけなく終わらされた。

人混みの中から伸びて来た一本の手が、オルフェの腕を掴む。バランスを崩したオルフェを掴んだ手がグッと引き寄せ、今度は二本の腕でオルフェの身体を抱き止めた。

「アミカ！　ああ、ああ信じられない！　また君と会えるなんて！」

膝下まである黒いコートに身を包み、背中に大剣を背負った、オルフェより頭一つ背の高い男だった。白髪の束が交じった黒髪で目元が隠れているのに、感極まっているのがありありと分かる。

――え、は、何？

周りの群衆がどよめくのも構わず、男は二度と手放すまいと言わんばかりに、オルフェを腕の中に抱きかかえる。

オレはあまりに突然の事態に、一連の流れを呆然と見つめることしか出来なかった。

「アミカ！　ねえ、僕だよ！　覚えてるだろ⁉　どうして何も言ってくれないの……！」

「あ、あの、は、放してください……！」

「っテメエ‼」

男がオルフェの両肩を摑んで乱暴に揺さぶるのを見て、ようやく我に返ったオレは、怒号を上げて二人の間に割って入り、オルフェを男から引き剝がす。

それを皮切りに、周りにいた観客たちの中から体格のいい男たちが出てきて、男を両側から拘束した。

拘束を振りほどこうとする男の前に、オレはオルフェを背にして立ちふさがる。

「おいコラ。芸楽十二神の御前で吟遊詩人に狼藉なんざいい度胸だな？」

「狼藉⁉　馬鹿なことを言うな！」

男は今にもオレに飛び掛かりそうな勢いで、歯を剝き出しにして叫ぶ。

「彼女は僕の幼馴染だ！　彼女は十八年前、星都で行方不明になったんだ！」

――ん？

十八年前、星都、行方不明。

どうにも無視できない単語の羅列に嫌な予感を覚えていると、オルフェが背中越しに声を上げた。

「あの！　あなたは母のお知り合いなのですか？」

だが、そんなオルフェの何気ない発言に、男の表情がピシリと強張る。

「え……母……？」

「はい。サン＝エッラのアミカは、僕の母です。二か月半前、病で亡くなりました」

そう言ってオルフェは荷物の中から、母親の遺骨を納めた白い櫃像を取り出し、男に見せた。

「亡く……なっ、た……」

オルフェの母親の櫃像を見た瞬間、男の顔から血の気が引き、膝からガクリと崩れ落ちる。重さを支えきれなくなった観客たちの手から身体が離れ、男は石畳に顔面からブッ倒れた。

「えー……なんなの？」

静まり返った芸楽広場の人だかりの中、オレの呟きは誰にも届かず吸い込まれた。

「悪いね、運んでもらっちゃって」

「気にするなよ。災難だったなあ」

あれから、演奏に乱入して気絶した男を、力自慢の観客に手伝ってもらって宿まで運び込んだ。

入り口の正面に窓があり、その左右にベッドが一つずつ置かれた二人部屋の、右側のベッドに男を寝かせ、背負っていた大剣は入り口近くに立てかけてもらう。

力自慢たちが去った後、宿の部屋にはオレとオルフェ、そしてベッドに横たわる男だけになった。

「母さんの幼馴染、かあ」

ベッドの横に両膝をついたオルフェが、男の白髪の束が交じった黒い前髪を白い指でさらりと梳かす。その拍子に、髪の隙間から尖った耳が見えた。

——コイツ、半精霊か。

半精霊。精霊と人間の間に生まれた種族だ。尖った耳や『混ざり眼』と呼ばれる独特な色彩の瞳を持つのが特徴で、身体能力が人より高く、人の目に見えない精霊と対話して力を借りる『精霊術』を使うことが出来る——まあ、種族については置いておこう。

肝心なのは、男がオルフェの母親の知己であること。

星都サン＝エッラに行けば、母親の親族や知り合いが見つかるかもしれない。そう言ってオルフェと同行の約束を取り付けたのはオレだ。

——まさか、この約束に悩まされる日が来るなんて、思いもしねえわな……。

オルフェが母親と縁のある人物に出会えたのなら、それは喜ぶべきことだ。オルフェの横顔に、期待と喜びに満ちた笑みが浮かんでいるのは、歓迎すべきことのはずだ。

それにまだ、星都に連れて行くという約束が残っている。オルフェを狙う悪魔を祓い、無事に星都まで辿り着くという約束がある内は……。

そこまで考えた時、先程の失態が頭をよぎった。

「あー……悪いなオルフェ。さっき何も出来ねぇでよ」

「え？」

「ほら、さっき。こいつにいきなり抱き着かれたの、止められなくてさ」

歌と踊りに夢中になって、男の接近と接触を許してしまった。星都までオルフェに近づく悪魔を祓い続けなければならないのに、こんなでかい男が人混みをかき分けてやって来たのにも気づけなかったのだ。

「ああ、アレ？　そんなの気にしないでよ。僕もそうだけど、皆だってびっくりして固まっちゃってたでしょ？」

それに、とオルフェは続ける。

「結果的に母さんの知り合いみたいだから、問題ないよ」

「まあ、それは、そうなんだけどさあ……」

オルフェが気にしていない以上、オレからはもう何も言えない。部屋に流れる沈黙が、どうしようもなく気まずくて、居心地の悪くなったオレはオルフェから目を逸らし、入り口に立てかけられた大剣を何気なく眺める。

「でっか……」

部屋の扉よりでかい大剣は、もはや剣というより質量兵器だ。人に向けて良い大きさじゃないだろ、なんて思っていると、視線の先で違和感を覚える。

「あ？　丸い？」

剣先が、丸い。剣先は、相手を突くために尖っているのが一般的だ。〝突き〟という攻撃手段を捨て、ただ斬るためだけの形状。そんな剣は、オレの知る限り一種類だけ。

――処刑人の剣？　このでかさで？

罪人の首を斬ることに特化した『処刑人の剣』。罪人の処刑以外の殺生は行わないという意思表明のために剣先を丸くした剣なのだが、首を斬るだけならこれ程の大きさにする必要はない。

オレはオルフェの隣を離れ、改めて男の大剣を間近で観察する。大剣を覆う鞘は、よく見れば鞘ではなく、刃の部分だけが厚い革で覆われていた。

剝き出しになった剣の腹の中心に沿って、とても見覚えのある金属で文章が施されている。

オパールにも似た虹色の不規則な煌めき――間違いない、星銀だ。

「【天上の門は悔い改める者に開かれる】……おい、マジか」

剣に彫られた聖典の一文を読み上げたオレは、思わず一歩後ずさる。大剣の柄に巻かれた革が、よく使い込まれているのが見えた。

七星教では、各役職を象徴する文言を聖典から引用し、聖職者の証である七芒星の周り、あるいは衣服や持ち物に書き記す習わしがある。

祓魔師であれば【理に背く者よ】から始まる退魔の文言。そして【天上の門】の文言を象徴とする役職は――。

「シモン、どうしたの？」

オレの様子がおかしいのに気づいたオルフェがこちらを向いて声を掛ける。その後ろで、ベッドに横たわる男が身じろぎし、オレは急いで踵を返してオルフェの下に戻った。

「ん……ここは……」

「あ、起きた。大丈夫ですか？」

「っアミカ！」

男はオルフェを認識した瞬間、ガバリと身を起こして抱きすくめようとしたが、今度はオレがオルフェの腕を引いて抱き止める。

両腕を空ぶった男が恨めしげにオレを見上げて来たので、オレは鼻を鳴らしてこう言った。

「よお、随分（ずいぶん）ご機嫌（きげん）斜（なな）めだな？　神前で未成年に抱き着いた変質者として、牢屋（ろうや）でお目覚めになる方がよろしかったか？」

　これを聞いて、男は怒（いか）りも露（あら）わに口元を歪（ゆが）める。はっはー、良ーい気分だぜ。

「……なんだい、君は」

「コイツの連れだよ。巡礼（じゅんれい）者保護規定に則（のっと）って、星都サン＝エッラまで無事に送り届けるために同行してんの」

　オレが手の甲（こう）の七芒星を見せると、男はグッと唇（くちびる）を引き結んだ。コイツの正体を悟（さと）った今、こうするのが話を進めるのに一番手っ取り早い。

「退魔の文言……祓魔師（エクソシスト）だね」

「シモンだ。それでコイツが」

「はじめまして、オルフェです。母を弔（とむら）うために、母の故郷のサン＝エッラへと旅をしています」

　オルフェの言葉を聞いた男は、今度は気を失うことなく、代わりに何かを堪（こら）えるように目を閉じ、口元を震（ふる）わせた。

「申し訳ない……先程の非礼をお詫（わ）びする。初対面の、それも未成年にするべき行いではなかった。シモン殿（どの）も、すまなかった」

「謝罪をお受けします。だから、気にしないで下さい」

「オレへの詫び軽いなオイ……まあいいや」

オレはオルフェと一緒にもう一つのベッドのふちに腰かけ、本題へと入る。

「んで、そちらさんは？　なんか込み入った事情があるみたいだけど、その辺も含めて説明してもらえるか？」

「ああ、まだ名乗ってなかったね」

男もまた居住まいを正してベッドのふちに座り、互いの膝が触れそうな距離で向かい合ってオレたちへ名乗った。

「僕はマラディ。粛清騎士マラディだ」

——あー、やっぱそうだったか……。

「粛清騎士？　騎士様なのですか？」

「畏まらないでいいよ。正規の騎士じゃないんだ」

男——マラディは、オルフェの疑問に苦笑を浮かべて答える。

「僕がいる粛清騎士団は、七星教の外部組織でね。悪魔を崇拝する輩や、悪魔及びその崇拝者に協力する輩を、捕まえたり討伐したりするんだ」

——討伐ね。上手いこと言うもんだ。

悪魔に与する輩を討伐する。こう言えば聞こえはいいが、なんてことはない。

要は、人殺しなのだ。

七星教の『命に寄り添う』という教えに真っ向から反するにもかかわらず、悪魔に与する輩を排除するために必要不可欠な役割。ゆえに粛清騎士は、七星教の一部でありながら祓魔師と異なり、序列外の役職として扱われる。

神の教えと人の世の都合の矛盾を体現している必要悪。それが、粛清騎士という存在だ。

「そう、なんですね……」

マラディの説明に、オルフェが何とも言えない顔で返答に詰まった。

うん。半魔と知ってオルフェを手助けしてるオレとか、ガッツリ討伐対象だからな。

こんな話の序盤から妙な空気になっても困るので、オレは早々に助け舟を出すことにした。

「祓魔師が悪魔祓いの専門家なら、粛清騎士は対人戦闘の専門家だぜ」

「そうなの？」

オルフェが遠慮なく乗っかってくれたので、オレは話の流れを止めないよう続ける。

「だから装備にも違いがあってな。祓魔師は対悪魔に特化した星銀武装を持ってるが、粛清騎士は人が相手だから、星銀武装は持ってねえ。ただ、場合によっては魔術を使う悪魔崇拝者や、魔術で召喚された悪魔やその使い魔なんかと交戦する。だから武器に星銀の装飾を付けて、聖なる力を持たせてるんだぜ」

「へぇ～……あの、後で見せてもらっても良いですか？」

「もちろん、構わないよ」

マラディの大剣に興味津々なオルフェと、そんなオルフェに微笑みを向けるマラディ。

──なんだよ、オレの短剣は見たいとか言わねえくせに。

事情を聴くために自分から話題を出したにもかかわらず、マラディと親しげに話すオルフェに、オレは何とも言えない鬱屈とした気持ちになる。

とは言え、良い感じに場の空気が和らぎ、ついでに話の主導権も握れたので、オレはそのまま話を進める。

「ところで、なんで昼間から芸楽広場に居たんだ？　非番とか？」

粛清騎士は、人目を忍んで夜間に活動することが多い悪魔崇拝者を取り締まる関係上、昼間に姿を見せることは珍しい。まして芸楽広場のように人が大勢集まる場所には、民衆に紛れた悪魔崇拝者に顔を覚えられるリスクが高まるため、近寄りたがらないのだ。

「いや。参加者と精霊たちが異様な熱気で踊っていたから、まさか白昼堂々、神前で魔術を使う不届きな輩が居るのかと思って」

「おおう、耳が痛えな」

オルフェの演奏と歌が上手いのももちろんあるが、そこに実際、悪魔の力が籠ってるからなあ……。

「すみません、お騒がせしたみたいで」

「いいよ。勘違いだったみたいだし。それに、アミカも歌が上手だった。精霊たちが夢中になるのも納得だよ」

演奏の邪魔をしてごめん、と再び頭を下げたマラディに慌てるオルフェを横目に、オレはちょっと気になってたことを聞いてみる。

「しかし全員熱狂してたとは言え、よくそのでかさで目立たず近づけたな」

「風と光の精霊に、目くらましをかけてもらってね。足音や姿を捉えにくくしてもらったんだ」

「はー……なるほど。大したもんだなあ、全然気づけなかったぜ」

「気にしてたもんね、シモン」

一言多い、と肘で小突いてやれば、きゃー、と棒読みの悲鳴で大袈裟に嫌がる。そんなじゃれ合いをジッと眺めていたマラディが、話題の核心に触れた。

「でもまさか、こんな所でアミカの子に会えるだなんて、思ってもみなかったよ」

これを聞いたオルフェが一瞬こちらに視線を寄越したので、オレは頷いて聞き手をオルフェに譲った。

「……確か広場で、母とは幼馴染だったと」

「うん。同じ孤児院で育ったんだよ」

そう言うと、男は白髪の束が交じった黒髪を両手で掻き上げた。

太く短い眉に、彫りの深い目元、尖った耳。そして濃紺の瞳の下半分に、銀灰が三日月のように細い弧を描く、半精霊特有の混ざり眼が露わになる。

「わあ……綺麗なお月さまですね」

混ざり眼が物珍しかったのだろう。オルフェは身を乗り出してマラディを覗き込む——なあ、おい、顔、近えよ。

マラディはそんなオルフェに一瞬どこか懐かしむような表情を浮かべると、前髪を下ろして再び目元を覆う。

「僕はこの通り、半精霊でね。言いにくいけど、孤児院の中でちょっと浮いてたんだ」

七星教では『星と共に常に生命の傍らに』の教義に則り、精霊とは共存する姿勢を示している。教会でその地方の伝承と共に精霊歌を教えているのも、その一環だ。

だが、現実はそう甘くない。

自分たちとほとんど同じ姿であるにもかかわらず、強靭な肉体と、精霊の力を借りられる恩恵。

人間、自分より優れた存在をそのまま身近に受け入れるのは難しい。自分たちが築き上げた社会と秩序が内側から崩されるかもしれない恐怖を、本能的に抱いてしまうからだ。

結果、半精霊は人間から迫害とまで行かずとも、何となく避けられる損な立場にいるのが現状だ。

「それで、あまり周りに馴染めなかった僕をアミカが気にしてくれてね。初めて話しかけてくれた時、今のオルフェ君と同じように、僕の目を綺麗だと褒めてくれたんだよ」

　マラディのその言葉に、オルフェが相好を崩した。

「母さんが……そっかあ……」

　固く閉ざされた蕾が、内に秘めた香気を初めて外に放ったかのように。亡き母への万感の思いが、花の綻ぶような笑顔となって現れる。自分の知らない母親の話を聞けたのが、よほど嬉しいんだろう。

　それはずっと一緒にいたオレが見たことのない、オルフェの今までで一番美しい笑顔だった。

　――オルフェの母親を知らないオレに、こんな顔はさせられない。

「……へーえ。孤児院って、どこのだ？」

　黙っているのが嫌になり、オレは平静を装って話の腰を折りにいく。丁度話が切れたタイミングでの茶々入れだったからか、マラディは特に気に留めずに答えた。

「大聖堂……今は旧大聖堂かな？　そこの孤児院だよ」

「ウッソ先輩じゃん！」

　返って来た答えにオレは心底驚く。旧大聖堂の孤児院は、奇しくもオレが育った孤児院でもあった。

オレもオルフェの母親と同じ孤児院で育っていた。その事実で、先程までの沈んだ気分が嘘みたいに一気に軽くなる。

──はーやったマジかよ感謝します星女神……！　次に魔晶を手に入れたら必要経費以外お布施にします！

「シモンもそこで育ったの？」

「おう。十八年前の星都襲撃で、親がどっちも行方知れずになったらしくてな。赤ん坊のオレを聖騎士が保護して連れて来たんだってよ」

意外な所でオルフェと繋がりを持てたことに浮かれていたオレは、話の流れでつい、そう言ってしまった。

その瞬間。

「そうか──シモン殿はあの時の生き残りか」

マラディの纏う空気が、途端に冷たく淀んだものになる。オレの隣で、オルフェが小さく息を呑んだ。

──あヤッベ、やっちまったなあ……。

迂闊だった。十八年前の星都襲撃。マラディが、オルフェの母親と離れ離れになった日。

どうあがいてもヤベェ話題を何の準備もなく出してしまった自分に舌打ちしたくなる。

そして何より、粛清騎士は――大体全員、心を病んでいる。

『命に寄り添う』を教義とする七星教から人殺しを命じられ、そのくせ命じた側は外部の組織だと遠巻きにする。神の教えに反することでしか、人の秩序と社会を守れないという矛盾。その真っただ中に身を置き続ければ、嫌でも心は病んでいく。

まして相手は十八年前に生き別れた幼馴染を今でも忘れず捜し続けていた男。何がきっかけで広場でのような暴走を起こすか分からない。

この距離と体格差では、素手での制圧は不可能。オレは二人に悟られぬよう、外套の下で身に着けた武器を確認する。

――ええい仕方ねえ。腹をくくるか。

「オイオイ、おっかねえ顔してるぜアンタ。ひょっとして、広場であんだけ取り乱してたのと関係あるのか？」

オレは悪びれることなく堂々と、本題に切り込む。元々これを聞くためにわざわざ宿まで運んでもらったのだ。今更、話題を変える意味もない。

左脇に下げた剣鉈の柄に手を掛けつつ、マラディの出方を窺う。

マラディは徐に、膝の上で両手を組んで深く項垂れる。そして長い沈黙を経て、彼はゆっくりと語り始めた。

「……アミカは、十八年前に星都から姿を消したんだ」

爪(つめ)の先が白くなるほどに、マラディの組んだ両手に力が籠る。

「『耽溺(たんでき)せし豊星の化身(けしん)』——悪魔ディオニスの軍勢が起こした星都襲撃事件の最中(さなか)にね」


十八年前。襲撃は、高らかな角笛の音と共に幕を開けた。

新月の夜。空から地上から、夥(おびただ)しい数の悪魔が現れ、角笛の音に起こされた住民を次々と永遠の眠(ねむ)りに至らしめる。恐怖に駆(か)られた住民は暴徒と化し、どこかで上がった火の手が瞬(またた)く間に広がった。

ソフィア教国の首都にして、かつて星女神(エッツラ)が最初に知恵(ちえ)を授(さず)けた人間たちが住んでいた七星教の聖地——星都サン＝エッツラは、今や見る影(かげ)もなく悪魔どもに蹂躙(じゅうりん)されていく。

当時聖騎士だった僕——マラディも、所属する部隊でその対応に当たっていた。

「【星女神(エッツラ)よ！　我が身と武器に退魔の加護を授け給(たま)え！】」

星銀で作られた七芒星(しちぼうせい)の首飾(くびかざ)りに祈(いの)りを捧(ささ)げ、自分の肉体と支給された長剣を強化し、悪魔たちを片っ端(ぱし)から斬(き)り捨てる。

「離れすぎるな！　一体一体は弱いが、とにかく数が多い！　はぐれたら一瞬で囲まれるぞ！」

「「了解！」」

部隊長の指示に従って、同僚と背中合わせに剣を振るい、どのくらい経った頃だったろう。

見覚えのある背中が、視界の端を横切った。

「アミカ――!?」

「右だ、マラディ！」

隣にいた部隊長の声で、咄嗟に右側に剣を振るう。断末魔の叫びと共に紫の血を飛び散らせて悪魔が消滅したのを確認した時には、アミカの後ろ姿はどこにもなかった。

「マラディ！　戦闘中に余所見をするな！」

「も、申し訳ありません！　でも、今――」

「部隊長！　あれを！」

同僚の一人が、屋根の上に立つ影を指し示す。

遠く燃える炎に照らされ、輪郭だけを浮かび上がらせたその影は、一見すると人間のように見えた。

しかし、ただ一点。頭の上から耳の後ろを通って前方に伸びる二本の角は、間違いなく人のものではない。

悪魔——それも人型の上位種だ。

「やつが襲撃の主犯か……？」

部隊長の呟（つぶや）きが風に乗って届きでもしたのだろうか。屋根の上の悪魔の両眼が僕たちを捉（とら）える。悪魔は紅（あか）く光る眼を億劫（おっくう）そうに細めると、手に持っていた角笛を高らかに吹（ふ）き鳴らした。

途端に空から十数体はいる蝙蝠（こうもり）に似た悪魔の群れが現れ、屋根の上の悪魔が視線で促（うなが）した先、すなわち僕たちの部隊に襲（おそ）い掛かる。

「くっ、陣形（じんけい）組め！　即刻殲滅（そっこくせんめつ）するぞ！」

「「了解！」」

「——っ了解！」

僕はそのまま、夜が明けるまでひたすら悪魔を斬り続けた。


そして、夜が明けて——。

瓦礫（がれき）と死者が折り重なる星都の何処にも、アミカの姿は見つけられなかった。

宿の部屋に、重苦しい沈黙が降りる。

最初に口を開いたのは、意外にもオルフェだった。

「マラディさん。その角笛を吹いた悪魔は、ディオニスって言うんですか？」

「そうだよ。悪魔を呼ぶ角笛は、聖典に伝わる『耽溺せし豊星』ディオニスの持ち物だ」

かつて豊星の化身だったディオニスは、天の国で明星の化身ルキフェルに味方して星女神に反乱を起こし、共に地上に堕とされ悪魔となった。

豊星は、天の国のすべての果実酒を造る星。ディオニスは、果実の収穫や、果樹園に忍び込んだ賊を捕らえるために、多くの配下を呼び出す角笛を持っていると聖典に記されている。

その説明を聞いたオルフェは、オレの耳元にそっと口を寄せた。

「……島を出る時にも角笛が聞こえた」

オルフェの言葉にオレは思わず目を見張ったが、マラディの前だったのですぐ平静を装い、頷くだけに留める。

——こりゃ、思わぬ手掛かりだな。

　十八年前。星都から聖女アミカを攫ったのはおそらくオルフェの父ルキフェルだろう。そしてその頃から、二人の間に生まれたオルフェを贄にして天の国へ攻め込む『箱舟』計画とやらは進んでいた筈だ。

　しかし、計画を主導していたであろう魔王ルキフェルはオルフェを島から逃がした。計画の鍵であるオルフェを逃がしたということは、ルキフェルに計画実行の意思がなくなったということ。だが、オルフェには今でも悪魔の追っ手が掛かっている。

　つまり、ルキフェルに代わって誰かが『箱舟』計画を推し進めているのだ。

　そしてオルフェが島から出る時に角笛を聞いたのなら、追っ手を放ったのは間違いなくディオニス。

　となれば……悪魔たちの言っていた星女神の代わりに戴く『新たな神』。ルキフェルに代わって現在『箱舟』計画を推し進めているのは、ディオニスと見て良いだろう。

　何せ、ルキフェルと同じく星の化身。神として崇めるには十分だ。

「二人とも、どうしたんだい？」

「いや、何も。それより、ありがとうな。辛い話だったろうに、話してくれてよ」

「別に。アミカの子になら、話しておくべきだと思ったからね」

　過去を思い出して気が立っているのか、やや素っ気ない物言いでマラディが返す。

　気づけば、外では日が傾き始めていた。オレの推測もオルフェと共有したいし、この辺りで一旦お開きにした方が良いだろう。

なんで十八年前は聖騎士だったのに今は粛清騎士なのかは気になるが、絶対に聞いて楽しい話じゃないしな。

そう思って話をまとめようと口を開きかけた瞬間――。

「ところでシモン殿はオルフェ君の何なんだい？」

マラディが、突然オレにそう尋ねた。

「何って……えっどうした急に」

「保護と言う割には、随分と彼に馴れ馴れしいと思ってね」

「……なんだ、随分オレに当たり強えな？」

さっきよりも更に露骨に冷たくなった口調に、オレは片眉を上げる。そこまで不快に思われることはしてないはずだ。

「まあね」

と、マラディは首肯した後、

「だってその子の隣に居るべきは、君ではなくて僕だから」

あまりにも平然と、あまりにも唐突に、そう宣言した。

流石(さすが)のオレも目が点になったし、オルフェに至っては隣で呆気(あっけ)に取られて言葉もないといった風。

――はー……さーすが粛清騎士だわあ……。

「居るべき、ねえ。大きく出たじゃねえの」

「だってそうだろ？　その子は、アミカを弔(とむら)うためにサン＝エッラを目指している。なら、アミカの知己(ちき)である僕が付き添(そ)うのが筋だ」

「それはアンタが付き添う理由であって、オレがオルフェから離(はな)れる理由にはならねえだろ」

「そうかい？　君がオルフェ君と一緒(いっしょ)に居ることには、疑問しかないけれど」

「疑問？」

「悪魔の島(ディア＝ボラス)での災害が確認(かくにん)されて以降、祓魔師(エクソシスト)にはその調査任務が下っているはずだ」

――ほーん、そう来るか。

「君は巡礼(じゅんれい)者保護規定を引き合いに出したけれど、今回の調査任務より優先されるべきとは思わない。二つ名持ちの祓魔師(エクソシスト)なら尚(なお)の事だよ、『百器』のシモン殿」

「何だ、オレのこと知ってんの。記念に握手(あくしゅ)でもしてやろうか」

「遠慮(えんりょ)するよ。うっかり握(にぎ)りつぶしそうだ」

アッハッハッハ、と笑いながらどちらからともなく立ち上がり、互(たが)いを睨(にら)みつける。

——お生憎（あいにく）さま、こっち方面の理論武装はきっちり対策済みだ。

「気ぃ遣ってくれた所悪いが、それこそアンタに関係ないぜ。任務の報告のために星都へ行く方が良いと判断したから行くまでだ。祓魔師（エクソシスト）の現場判断に、畑違（はたけちが）いのアンタの意見は関係ない。そんな時たまたま星都に向かう巡礼者が居たなら、同行しても特に問題ないだろ」

「祓魔師（エクソシスト）の任務に一般（いっぱん）の巡礼者を巻き込むのは問題だと思うけどね」

「巻き込んだんじゃねえ。保護したんだ」

そう言ってオレが座っていたオルフェの肩（かた）に左手を置けば、マラディの視線が前髪（まえがみ）越しにオレの手に刺（さ）さる。

——ははーん。なるほど、そういう事ね。

要するにコイツ、気に入らないのだ。アミカにそっくりなオルフェと、オレが仲良くしてるのが。

思い返せば、オレへの当たりがキツくなったのは、オルフェに耳打ちされてからだ。

——ふざけんな。オルフェはオルフェだ。聖女アミカじゃねえんだぞ。

「……つまり、君はあくまで仕事だからオルフェ君と一緒に居るだけなんだね」

「ああ?」

マラディが間合いを半歩詰（つ）め、オレを間近で見下ろして言う。

「僕はその子の母親に、返しきれない恩と、償(つぐな)いきれない後悔(こうかい)がある。その子のためなら何だって出来るよ。何だってだ」

見上げた先には、分厚い前髪の隙間(すきま)から覗(のぞ)く、歪(いびつ)な銀灰の三日月。

「仕事でいるだけの君よりも、僕の方がずっとその子の力になれるよ」

「——っ……！」

オレの理屈(りくつ)を逆手に取られて言い返され、頭に血が上りかけた瞬間。

オレのズボンの裾(すそ)が、クッと引っ張られた。

誰が、なんて言うまでもない。肩に置いた手から伝わる微(かす)かな震(ふる)えに冷静さを取り戻(もど)したオレは、マラディの目を見据(みす)えたまま言い返した。

「ハッ。そりゃ、いかにも仕事に誇(ほこ)り持ってねえ奴(やつ)の言い分だな」

その言葉で明確な殺意を宿した三日月を、オレは真っ向から受けて立つ。

「忘れてるみたいだから言うけどな。オレは凄腕祓魔師(すごうでエクソシスト)シモン様だ。悪魔相手に切った張ったの最前線。生半可な覚悟(かくご)でなんかやってねえ。ただの仕事、じゃねえんだよ」

「その凄腕の君が、たまたま出会った巡礼者(エッラ)にそこまで入れ込む筋合いはないだろう？」

「どう知り合ったかなんて関係ねえよ。星女神を信仰(しんこう)する者に手を差し伸(の)べる。聖職者の本懐(ほんかい)だぜ？」

「……君の本分は悪魔祓(あくまばら)いだろうが」

オルフェの肩に置いていない、七芒星を刻んだ右手をこれ見よがしに振ってやれば、歯噛みしたマラディが唸るように食い下がる。

「どうしてそこまでオルフェ君に拘る？　ただ成り行きで一緒になっただけだろう？　君はオルフェ君の何なんだい？　君にとって、オルフェ君は何なんだい？」

「何だって良いさ」

オレは即答した。

「独りはいやだと言ったオルフェを、オレが独りにしねえと約束した。一緒に星都に行くと約束した。オレたちにあるのはそれだけだ。そして何があっても、オレからこの約束を破る気はねえ」

そう、何だって良いんだ。大事なのは、オルフェを独りにしねえこと。家族も故郷も何もかも失くしてきたコイツを、これ以上不安にさせないこと。

そんなオルフェに、コイツは見捨てられる恐怖を感じさせたんだ——もう、遠慮はしねえぞ。

オレは手袋を口で外し、手の甲の七芒星をマラディに向ける。

「さっきも言ったが、オレの仕事はオレが判断する。粛清騎士マラディ。これ以上の口出しは、祓魔師であるオレへの聖務妨害として、正式に抗議させてもらうぞ」

眼前に突き付けられた七芒星に、マラディは嘆息して天を仰ぎ、一歩下がって距離を取った。

「祓魔師(エクソシスト)の聖務に差し出がましい口をきいてしまったこと、謹(つつし)んでお詫(わ)び申し上げます」

「……謝罪を受け入れよう」

マラディはそう言って、先程までのしつこさが嘘(うそ)のように頭を下げる。オレもこれ以上マラディに長居して欲しくないので、謝罪を受け入れることにした。

素直(すなお)に引き下がったマラディに違和(いわ)感(かん)を覚えつつも、とにかくこれで穏便(おんびん)にお引き取り頂ける——そう油断して、追及(ついきゅう)の手を緩(ゆる)めたのが間違いだった。

「では非礼の償いとして、祓魔師(エクソシスト)シモン殿の聖務に協力するために星都サン＝エッラまで同行させていただくことにしますね」

「…………は？」

完全に虚(きょ)を衝かれたオレは、咄嗟(とっさ)に言い返すことも出来ずにマヌケな声を上げることしかできなかった。

——えっ、ちょ、は？　嘘だろ⁇　お前この流れでそれ言うか⁉

「ええ……」

ここまで会話の成り行きを見守って来たオルフェすらドン引きだ。いやコイツが引くと

か相当だぞ⁉

　そんなオルフェに、マラディはニコリと微笑みかける。

「駄目かい？　オルフェ君。僕、君にもっとアミカの思い出を聞いて欲しいのだけれど」

「そ、それは……」

「それに、星都でアミカがよく通っていたお店や、好きな場所にも連れて行ってあげたいんだ」

「…………シ、シモン……」

　母親の思い出というマラディの切り札に、オルフェは困り果てた顔でオレを見上げた。うん可愛い。けどそれどころじゃない。

「うん、オルフェ君は同行に問題なさそうだね」

「ふざけんなオレが拒否一択に決まってんだろ」

「それじゃあ、今夜の仕事を片付けたら長期休暇を取るから、明日白馬の六刻にこの宿で待ち合わせにしよう」

「何をもう確定事項として話してんだマジで抗議すんぞオイ‼」

「じゃあ仕事を片付けて来るから、僕はこれで」

　マラディはオレの反論を待たずに大股で部屋の外へ向かう。ドアの横に立てかけた大剣を回収した後、ドアを閉める直前にわずかな隙間から顔を半分だけ覗かせて、

「絶対に付いていくからね」

と言い残し、静かにドアを閉めて去って行った。

オレとオルフェの二人だけが取り残された部屋で、やり場のない激情のままにオレは思い切り床を踏みつけ、ドアに向かって左手の中指を立てて叫んだ。

「——ざっっっけんなゴルァア!! 誰が待つかぁ!! 明日の朝イチで出てくわボケェ!!」

「お、落ち着いてシモン！ 気持ちは分かるけど無理だよそれ！」

「はぁあ!?」

気炎を上げるオレを、オルフェがベッドから立ち上がって制止する。

「だ、だってその……歌ってる途中でマラディさんが来ちゃったから……お金、貰ってなくて……」

オレはオルフェの言葉に愕然とした。確かに、マラディが乱入してから気絶して運び出されるまで、広場の観客は誰もお布施を献金箱に入れるどころじゃなかった……本っ当に碌なことしねえなあの病み騎士!!

今日の夜に宿屋の一階の食堂兼酒場で一曲歌い、その金を持って明日朝イチで野営に必要な食料を買い込み、路銀のために広場でもう一曲。

どう考えても宿を引き払うのは白馬の六刻——マラディの指定した待ち合わせ時間以降になる。

「はあ〜〜〜〜〜〜……クソが!!!!!!」

オレはマラディが寝ていたベッドを蹴り、その反動で逆側のベッドに仰向けで倒れ込んだ。

――なんだよ、なんだよ、なんなんだよホント！

――オレがオルフェに馴れ馴れしい？　当たり前だろひと月半も一緒に飯食って悪魔倒して同じ部屋で寝てんだぞ！

――そっちこそぽっと出でオルフェに馴れ馴れしくしやがって！　オルフェの母親の知り合いってだけですぐに打ち解けてよお！　オレがどんだけ初対面で気ぃ遣って距離詰めたと思ってやがる！

――何が『隣に居るべきは君ではなくて僕だから』だ！　オルフェのことなんて聖女アミカの代わりとしか見てねえ癖に!!

胃の中でグルグルと燃える苛立ちを、荒々しい溜息で吐き出す。腸が煮えくり返るとは正にこのことだ。今なら魔王でも星の化身でも何でも殺せるかもしれない。

こうなったら粛清騎士団に直接抗議しに行ってやろうか、なんて頭をよぎった時だった。

「ごめんね、シモン」

波打つ湖面を静かに撫でるような声。オルフェのその一言で、沸きたつような激情が一気に落ち着いた。

「……なんでお前が謝るんだよ」

「だって、僕がちゃんと言い返せてたら、マラディさんも付いてくるって言わなかっただろうし……シモンだって、嫌な思いしなかったし……」

確かに、オルフェが同行に反対すれば、オルフェの母親への恩返しを口実にしていたマラディは引き下がるしかなかっただろう。

――だとしても、だ。

オレは腹筋の力だけで身体を起こし、床に両膝をついて所在なさそうにベッドのふちに手をかけて俯くオルフェに向き合う。

「お前と最初に会った時さ、言ったろ？　お袋さんの家族も探すの手伝うぜって。まあ、探すどころか向こうから来たけどよ」

オレは額にかかるオルフェの艶やかな亜麻色の髪に指を通した。不安に揺れる緑青の瞳を覗き込み、オレはゆっくりと問いかける。

「もしお前が本気で嫌なら、今からアイツの職場に抗議して、星都まで付いて来れないようにするが……オルフェはどうしたい？　オレのこと抜きにしてさ、マラディをどう思った？」

「ん……正直、ちょっと怖い人だとは思う」

オレへの負い目と、マラディへの同情の板挟みになりながらも、オルフェは自分の考えを言葉にしていく。

「でも、分かるんだ。僕も、父さんの力になれないまま、何も出来ずにお別れになっちゃって——あの人はきっと、ずっと、母さんの背中が忘れられなかったんだなって」

「……一緒に星都に行きたいか？」

「うん……でも、シモンが嫌なら——」

「いいよ」

オレはオルフェの言葉に被せて言った。

「いいよ。お袋さんの家族に会わせることだって、約束の内なんだ。オレから破ったりしねえよ。だから、お前の思う通りにしていい。オレがどうとか気にすんな」

そう言った瞬間。

オルフェの顔がくしゃりと歪み、秘境の湖を思わせる瞳から大粒の涙が流れだす。

「え、ど、どした？　大丈夫か？　なんか嫌なこと言ったか？」

「だって、だって……僕、シモンに甘えてばっかりだあ……」

鼻をすすって泣きじゃくるオルフェの顔を、ポケットに突っ込んでたハンカチで拭きながら話を聞いた。

「お金の管理も出来ないし、巡礼章も知らなかったし、値切りだって下手っぴだし……悪魔と戦うのも、全部シモンに任せちゃうしい……」

「何言ってんだ。二人分の宿代やら食費やら、全部お前の歌で稼いだ金だぞ。悪魔との戦いも、お前のおかげで楽させてもらってる」

「今だって、マラディさんとのお話、シモンに任せっぱなしでえ……」

「お袋さんの昔馴染みに言い返すなんてキツイだろ。オレの方が適任だからいいの」

「僕っ、僕の事情にシモンを巻き込んでるのに、ずっと守ってもらってて……」

「馬鹿言え。そもそもオレが勝手に付いて来て好きで世話焼いてんだよ。悪魔祓いは仕事の内だ。遠慮なく甘えとけっての。な？」

「シモン……僕、もっと君の力になりたい。ずっとお世話されてて、頼りないかもしれないけど――……それでも、君の助けになりたいよ」

「……もう十分、なってくれてるよ」

オレは湿ったハンカチを放り捨て、オルフェに向けて両腕を広げた。

オルフェは目を潤ませながら、躊躇いがちにオレの腕の中に収まり、肩口に顔を埋める。

「ありがとな、オルフェ。一緒に居てくれて」

「……うん、僕の方こそ……ありがとう」

柔らかな亜麻色の髪に掌を添え、しゃくり上げるオルフェの背中をゆっくりと、間隔をあけて優しく叩く。

「約束するよ。星都に着くまで——いや、着いてからも。オレはお前の隣に居る。お前を絶対、独りにしない」

「…………うん。僕も、シモンにそうしたい」

顔を上げ、泣き腫らした目でぎこちなく笑ったオルフェの腰を、オレは思い切り抱き寄せる。

「そぉら！」

「ひゃあ！」

そのまま勢いよく後ろにひっくり返り、オルフェをしっかり両腕に収めたままベッドの上に転がった。驚きに固まるオルフェの顔を覗き込んで、オレはニッと歯を見せて笑う。

「友達のベッドで夜更かし、したいんだろ？」

「……！　うん！」

オレはマントと靴と靴下を脱ぎ捨て、胸当てとホルスターを武器ごと外して床に放り投げる。オルフェも靴を脱いでベッドの横に揃え、腰の帯を解いて脱いだチュニックを靴下と一緒に畳んでチェストの上に置いた。

そうして並んでベッドに転がり、益体もない話で盛り上がる。陽が沈み部屋が暗くなった頃になって、二人同時に腹の虫が鳴った。

揃って晩飯のことを忘れていたオレたちは、大笑いしながら服を着直し、腹ごしらえと明日からの路銀を稼ぎに、一階の酒場へ揃って降りて行った。

* * *

新月の夜は、悪魔の活動が最も活発になると言われている。

夜空の月は星女神の瞳。その眼が閉じられ、大地が闇に包まれる時。星女神の眼差しが届かない場所で、悪魔たちは暗躍する。

当然、悪魔を崇拝する信者たちもそれに倣う。悪魔の教えを広める集会や悪魔召喚の儀式――悪魔集会と称されるそれらの集まりを、夜陰に紛れて行うのだ。

悪魔集会はとにかく人目につかない場所で開催される。曰く付きの廃屋、打ち捨てられた墓地、そして――地下水路。

街が大きくなるにつれて使われなくなった地下水路は、昼夜を問わず人の出入りがなく、悪魔集会に打って付けだ。

干上がった水路の最奥に組み上げられた粗末な祭壇に祀られているのは、二本の角が生えた巨大な男性の像。右手に槍、左手に剣を持った長髪の男性の背には、カラスの羽を繋ぎ合わせて作ったであろう、六対の黒い翼が生えている。

旧き明星の魔王ルキフェル。かつて天使を率いて星女神に反逆した、天界で最も美しい明星の化身。

元は神の一柱として崇められ、聖なる力の源となる『星の光』を操り、『光を掲げる者』と称えられるほど、神々の中でも取り分け強く、美しかったらしい。

悪魔に身を堕としてなお傑出した力を持ち、七星教の聖典にも『恐れるべき魔王』としてその名が挙げられているほど、他の悪魔とは一線を画している。

ゆえに、悪魔崇拝者の中で最も信仰される存在だが――。

「ギャアアアアアア!!」

篝火に照らされた地下水路の祭壇前。大剣が悪魔の信徒を両断し、胴から噴き出した血がルキフェルの像に飛び散り汚す。

僕――マラディは、地下水路に集まった悪魔崇拝者の討伐を粛々と進めていた。

彼らの亡骸で埋め尽くされた水路の床からは血が溢れ、汚物と臓物の臭いが噎せ返るほどに満ち満ちた、地獄と評しても過言ではない空間に、末期の叫びが幾重にも響き渡る。

「畜生！　よくも――」

石を投げようとした隻腕の老人の首を、振りかぶった腕ごと飛ばす。

「ヒィ！　死にたくない！　死にたく――」

生贄と称して赤子を殺した、むくんだ顔の男が目の前で死体に躓いて転んだので、そのまま足を踏み出して頸椎を踏み折る。

「ルキフェルよ！　旧き明星の魔王よ！　どうか御身をこの場に――」

偶像の足元にすがる、祭壇に赤子を捧げた女の細い背に剣を振りかぶり、祭壇ごと真っ二つにした。

祭壇を失ったルキフェルの像が傾き、信徒の血だまりが広がる地面に叩きつけられる。倒れた衝撃で背中の黒い羽が舞い、物言わぬ肉塊となった信徒たちへと降り注いだ。

そして、まだ生きている信徒の前にも一枚。

「ヒィ……」

鼻の欠けた女が、腰を抜かしてへたり込んでいた。僕が一歩踏み出すと、膨れた腹を両手でかばうように抱きしめる。

「お願い、子どもが、子どもがもうすぐ生まれるの……」

「その子も、祭壇に捧げるのかい？」

女は激しく首を横に振り言った。

「改宗します！　悔い改めます！　二度と、二度と悪魔に関わらないと誓います！　だから、だから……！」

泣いて蹲る女に、僕は優しく声を掛ける。

「大丈夫。君と赤子の魂は、必ずや星女神の庇護を受けるだろう」

「ああ、ありがとうございま……え？」

顔を上げた女の目が、驚愕に見開かれる。瞳の中に映るのは、壊れた祭壇を背に処刑人の剣を振り上げた僕。

【天上の門は悔い改める者に開かれる】――横薙ぎに振りぬいた星銀の文字が、地獄の篝火に煌めいた。


静かになった地下水路で、足元をドブネズミの群れが音もなく通り抜け、我先にと邪教徒どもの死体に齧り付いた。生きていた頃から短くない付き合いであったろうに、ネズミたちは飢えを満たすために容赦なく汚い歯を肌に突き立てる。

――本当に、際限なくどこにでも湧くなあ。

普段は何の感慨も持たないその光景に、ふとそんな感想が思い浮かぶのは、昔話をしたからだろうか。あるいは――話せなかったからだろうか。

僕が聖騎士をやめた、あの忌ま忌ましい日の事を――。

十八年前の襲撃事件の後。僕は、星都から消えたアミカの行方を追っていた。

聖騎士として生き残った住民の救助や暴徒の鎮圧などに昼夜問わず忙殺され、ようやく時間が取れた時には、襲撃から随分と日が経っていたが、僕は諦めるつもりはなかった。

「《精霊たち。新月の夜に、ここで亜麻色の髪の少女を見かけなかったかい？》」

あの夜、アミカを最後に見た場所を起点に、精霊たちに聞き込みを続ける。

そして明星が禍々しく光る黄昏時。辿り着いたのは、以前アミカが通っていた貧民窟だった。

鼻が痛くなるほどの饐えた臭い。足元を通り過ぎるドブネズミ。真夜中と夕方の違いこそあるものの、いつか来た日と変わらずに……。

──変わらずに？

「これは、聖騎士さま。このような場所に一体どのような用向きで？」

貧民窟の様子を怪訝に思っていると、杖を突いた老人が近づいて声を掛けてきた。アミカが目を癒した老人だ。

「ご老人。襲撃の夜、アミカが此処に来ただろう」

「アミカ？　はて、一体どなた……」

「お前の目を癒した聖女アミカだ」

やや威圧を込めてそう問えば、老人は一瞬身を強張らせた。

「さあ……あの夜は我々も、悪魔の狼藉に怯え隠れておりましたので……」

「悪魔はここも襲ったと？　その割に、建物が壊れた様子はないが？」

そう。変わらないのだ。星都が瓦礫の山になる程の襲撃を受けたというのに、この貧民窟は襲撃前と変わらない、全くの無傷。

いくらなんでも、おかし過ぎる。

「こ、この辺りは無事ですが、奥の方は酷いものでして、ええ」

「ご老人。隠し立ては止せ。僕は精霊の導きでここに来た」

そう言って、僕は左手を腰に下げた剣の柄頭に置き、右手で髪をかき上げる。混ざり眼と尖った耳を見た老人は、僕の言葉を真実と悟ったのだろう。見る間に顔を蒼くして震え始めた。

「言え。聖女アミカは――」

何処にいる、と続けようとした瞬間。

《危ないよ》

風の精霊が真上から僕の背中に向けて急降下したかと思えば、突如後ろで悲鳴が上がる。

振り向くとそこには、尻もちをついた貧民の男。風の精霊に体当たりされたのであろう男の手には、錆びた短剣が握られていた。

《気を付けて、気を付けて》

精霊たちの警告に辺りを見渡せば、尖った材木や拳大の石を握りしめた貧民たちが、廃屋の中から現れ僕を取り囲んだ。

「君たち……」

「仕方がなかったのです、聖騎士さま」

老人は、地面に視線を落としたまま言う。

「我々は、弱い。あなたたちに助ける相手と見なされぬほどに、弱いのです。そんな我々がどうして、悪魔に歯向かえましょうか」

僕は老人の言葉の意味が一瞬、理解できなかった。

「悪魔は、あの恐ろしく美しい男は、聖女様がこちらに通われていることを知っておりました。そして我々に約束したのです。

――聖女をここに呼びさえすれば、配下に我々を襲わせることはないと」

そう聞いた瞬間、僕の脳裏にあの夜のアミカの姿がよぎった。

『症状の重い方から、順番に癒していきますね』

寝る時間を削って貧民たちに惜しげもなく【治癒】の秘跡を施すアミカ。

『おかしいじゃない。医者にかかる蓄えのない貧しい人のための施しなのに、謝礼を出せなきゃ後回しにされるなんて』

上層部の都合で貧民たちが必要な施しを受けられないことを憤るアミカ。

『はぁ～』

泥に濡れたスカートの裾に落ち込むアミカ。

『えっ、ちょ、ま、マラディ!?』

僕に抱きかかえられて慌てるアミカ。

『フフ、きれいなお月さま』

僕の眼を綺麗だと言ってくれたアミカ。

『帰ろ、マラディ』

僕の隣で、僕の名前を呼んで笑うアミカ。

こいつらは……我が身可愛さにアミカを売ったのか。

——あの襲撃の中で、真っ先にお前たちを助けに向かったアミカを!!

「……《精霊たち》」

僕は、剣を抜いた。あの夜と同じように——悪魔どもに向けて。

「《こいつらを、一人も逃がすな》」

☆

壊れたルキフェル像の頭が僕の爪先にコツン、と当たる。ネズミがぶつかった拍子に転がって来たのだろうか。

僕は足を上げ、ルキフェルの頭を踏み砕いた。

十八年前。駆け付けた同僚の聖騎士たちに取り押さえられるまで、僕は悪魔どもを斬り続けた。血と脂で鈍らになった剣が折れてからは素手で殴っていたから、仕留め損ねたのが何人かいた。

生き残った連中は全員捕らえられ、僕の証言で異端審問に掛けられた。

その結果——彼女を攫ったのは、旧き明星の魔王ルキフェルと判明。

魔王に屈し聖女を引き渡した裏切り者どもは、漏れなく火刑台に送られた。

——全員、僕の手で殺してやりたかったなあ……。

断末魔の叫びを上げながら燃えていく連中を見て、そう思ってしまった僕には、元から素質があったのだろう。

聖女アミカを魔王に渡した罪人の摘発の功績があるものの、任務外での抜剣の懲罰として外部組織——粛清騎士団への出向を命じられ、そのまま僕は聖騎士団に戻らないことを選んだ。

聖女を守るために、聖騎士になりたかった。幼馴染を守れなかったなら、何になっても構わなかった。

何人斬っても折れない剣が欲しいと頼んで作った特注の大剣は、今ではすっかり手に馴染む相棒だ。

——今の僕をあの子が見たら、どう思うんだろうか。

意味のない疑問に自嘲の笑みを浮かべ、僕は大剣を一振りしてまとわりつく返り血を飛ばす。

人でなし、外道、殺戮者……何と呼ばれても構わない。守りたい気持ちは変わらない。

胸の前で真っすぐに剣を掲げる。かつて抱えたぬくもりとはかけ離れた、無機質な重さと冷たさを殊更強く感じながら、誓う。

——今度こそ、守ってみせる。悪魔から、人から、この世のあらゆる悪意と裏切りから。

剣を背負い、靴が汚れるのも構わず歩き出す。自然と、いつかの歌を口ずさんでいた。

「♪――手を繋いで　森を出よう　トラツグミの声　追いかけて」

調子はずれの歌声を響かせながら、真っ暗な地下水路を一人で歩く。暗闇に、赤い靴跡が呑まれていく。

「♪夜の森なんて怖くないさ　雲は必ず晴れるから　どんな道でも進めるさ　月が僕らを照らすから――」

第三章　讃えよ彼の王の名を

生まれつき目が見えない私は、農村ではお荷物と呼ばれていた。

早くから七星教の孤児院に預けられ、周りの人の力を借りながら日々の営みと祈りを続ける日々は、洗礼で【予知】の秘跡を授かってから一変した。

明日の天気や地震、土砂崩れを予知できた私に、かつて私をお荷物と呼んだ人たちがこぞって私を崇め始めたのがとても怖かったことを覚えている。

【予知】の秘跡を星都サン＝エッラで役立てて欲しいと教皇庁から召命を受けた時は、胸が躍った。

――私に授かった力を、もっとたくさんの人のために役立てるんだ！

でも、意気揚々と星都に向かった私を待っていたのは、無情な現実だった。

『悪魔の出現は予知できるか？』

――わかりません。

『邪教徒たちの次の悪魔集会の予定は？』

――……わかりません。

『癒しの聖女アミカは次の教皇たりうるかね？』

――…………わかり、ません。

期待は一瞬で失望に変わり、私は再びお荷物と呼ばれた。一応、天災の予知はできるからと星都に留まることを許されたが、滅多に起こらない災害を常に気に掛ける人が居る筈もなく。

私の世話をしてくれる人たちこそ気の毒がってくれたものの、周りからは遠巻きにされ、身近に友達をつくることも出来ず。目が見えなくても楽しめる歌と音楽だけを慰めに、ただひたすらに珍しい秘跡を持っているという理由だけで生かされる毎日に嫌気が差した頃、その予知はやって来た。

――燃え盛る星都。瓦礫と亡骸の山。飛び交う無数の悪魔たち。高らかに響く角笛の音。

私は必死に訴えた。住民を逃がして、悪魔に備えなければ、星都は滅び去ってしまう！

だがいくら陳情を重ねても、何ら対策が取られることはなかった。痺れを切らして直接大司教に訴えに行った私に返ってきたのは、嘆息と憐憫だった。

『あなたが星都で思うような生き方が出来ていないことは、私も心苦しく思います。しかし、あなたが望む方法以外でも、星都に貢献する方法はたくさんある筈ですよ。こんなものを書くのは、もう止めなさい』

――どうして。

私は、求められた務めを果たしているだけなのに。私は、授かった力を役立てたいだけなのに。

いつの間にか、私はお荷物ではなく嘘つきと呼ばれ、私の世話をしてくれた人たちも、日増しに余所余所しい態度を隠そうともしなくなっていた。

かつて抱いた期待も志もなく、毎日を抜け殻のように過ごす内に——その日は、訪れた。

惨状を目にすることは叶わない私にも、頰を炙る熱と血の臭いは、平等かつ無慈悲に叩きつけられる。逃げ惑う人々の悲鳴、悪魔たちの羽音。場違いな果実酒の香りと、どこまでも響き渡る角笛の音。

全てが終わった後、色々な人たちが私に予知の詳細を尋ねに来た。聞かれるがまま答えている内に、気づけば私は行方不明になった癒しの聖女に代わって、『神託の聖女』と呼ばれ始めた。

それまで私に見向きもしなかった人たちが、私の予知を褒め称えるのを聞いて、農村も星都もこういう所は同じなんだな、と妙に感心した記憶がある。

そうする内に、多くの犠牲を出した星都襲撃の予知を聞きながら、何の対策も取らなかったことが明らかになって、教皇と大司教がその座を退くことになった。

私の陳情を相手にしなかった元大司教の謝罪を聞いても、ただただ胸の奥にどうしようもない冷たさが宿るだけだった。

多くの人に囲まれ、数えきれない称賛を受け取る日々を送るほど、その冷たさは存在感を増していく。

この言い様のない冷たさを振り払うために、ひたすら祈りに没頭していたある日——。

【神託の聖女カサンドラ。汝の祈りに報いましょう】

——その声は、聞こえた。

小高い山の頂に、その都市はあった。

七方向に突き出し聳え立つ、黄金の星と空に輝く神々の像を彫り込んだ白亜の城壁。その堅牢さもさることながら、都市そのものが七芒星を象り、悪魔とその眷属を近づけさせない聖なる護りとなっている。

この世で最も星に近いと謳われるこの場所は、かつて人間が星女神より初めて知恵を授かった聖地。

「あれが、星都サン＝エッラ……！」

オルフェもまた山の麓から、長く険しい旅の果てに辿り着いた聖地を見上げ、澄み切った緑青の瞳を輝かせていた。

「ようやくだな、オルフェ」

「うん！　シモン。あそこが、母さんの故郷なんだね……！」

陽光の下で瞳を潤（うる）ませ、これまでの道のりを噛（か）みしめて微笑（ほほえ）むオルフェに、オレ――シモンは胸の奥が痺れるような心地（ここち）になる。

星女神（エッラ）に抗（あらが）い天を追われた『旧（ふる）き明星の魔王ルキフェル』と、十八年前の星都襲撃で攫（さら）われた『癒しの聖女アミカ』の間に生まれてから、悪魔の島（ディア＝ボラス）で育てられた十七年。

父親の献身（けんしん）によって悪魔の島（ディア＝ボラス）を脱出（だっしゅつ）し、母親の遺骨を納めた櫃像（ひつぞう）を持って、一人星都を目指した一か月。

悪魔が天の国に攻（せ）め入るための『箱舟（はこぶね）』に捧（ささ）げる『贄（にえ）』として狙（ねら）われる中、オレと出会い、二人で旅をした一か月半。

そして――。

「そうだね。アミカも、きっと喜んでるよ」

「マラディさん！」

頭一つ高い位置から降って来た声に、オルフェは満面の笑（え）みを浮（う）かべて声の主を見上げる。

一か月前、新たに旅の仲間に加わった――と言うか強引（ごういん）に押しかけてきて加えざるを得なかった男、粛清騎士（しゅくせいきし）マラディ。

オルフェの母親・聖女アミカの幼馴染でもあるこの男もまた、白い毛束の交じった黒髪で覆われた目を、感慨深げに星都に向けていた。

「病み騎士先輩、星都を離れて結構経つのか？」

「そうだね。あとシモン君、星都でその呼び方はやめてね」

「ウーッス善処しまーす」

「相変わらず可愛くない後輩だよ」

これ見よがしに溜息を吐くマラディに、オレはわざとらしく口笛を吹いてそっぽを向く。

何せマラディの付いて来た経緯が経緯だ。仲良しこよしはお互いどうあがいても無理。

これでも三人で旅をし始めた頃より圧倒的にマシになっているので、オルフェも何も言わずに苦笑するだけに留めている。

——ま、仕事の腕は認めてやらねえでもないけどよ。

隙あらばオレそっちのけでオルフェと聖女の話題で盛り上がる、全くもっていけ好かない野郎ではあるものの、何だかんだ悪魔との戦いでは頼りになった。

星銀で【天上の門は悔い改める者に開かれる】の文言が記された巨大な処刑人の剣は、まさに正真正銘の質量兵器。そこにオルフェの聖琴エウリュディケによる強化が加われば、まさに一撃必殺の威力を発揮した。

加えて、人と精霊の間に生まれた半精霊のマラディは精霊術も扱える。一番の特技は目くらましで視界から消えての不意打ち。

その為、オレが手数で悪魔を翻弄している隙に、マラディが死角から大剣の一撃を決めるという戦術が綺麗に嵌り、悪魔との戦いがかなり楽になったのは間違いない。

――できればオルフェの事情をちゃんと説明したかったんだが、なあ……。

そう。マラディにはオルフェが悪魔に襲われる理由――『箱舟』計画や『贄』について説明できていない。

わざとではない。説明する前にちょっと……いや、かなり不幸な事故に見舞われたのだ。

☆

あれはマラディとの三人旅になってから初めて、オルフェ狙いの悪魔に襲撃された時のこと。

マラディの大剣で悪魔を屠った直後の、オルフェの何気ない一言が発端だった。

『すごいねマラディさん！　父さんみたい！』

『父さん……ちちおや……う、うわあああああああ!!!!!!』

これを聞いた瞬間、マラディが頭を抱えて泣き崩れ、錯乱する一歩手前だったのを、オレが殴り飛ばして正気に戻す羽目になった。

オルフェは単に、大剣を振るうマラディの強さを称賛したかっただけで、全く悪気はない。

ただ『行方不明になってから十八年、片時も忘れたことのない幼馴染が、知らない男との間に子どもを授かっていた』という、マラディが心を守るために無意識に目を逸らしていた事実を突き付けてしまっただけで——……誰も悪くない、ひたすら不幸なだけの事故だった。

流石のオレもマラディが気の毒になったし、オルフェもこれ以来、マラディの前で父親に関する話題や単語を一切口にすることはなくなり、最終的にマラディの中でオルフェは『聖女であるアミカが天使から授かった子』になった——天使ってか、元星神の化身の魔王だけどな、うん……。

まあオルフェが悪魔に狙われる理由を『聖女の息子だから』だけで納得して、完全に業務外の悪魔相手に身体を張って戦ってくれているので、オレもとやかく言わずに旅を続けることにしたのだった。

そんなこともあったな、と思い返しつつ、オレたち三人は星都に続く山道を登る。

石造りの緩やかな階段で整えられた道を、巡礼者や商人が賑やかに行き交う様に、何だか懐かしい気持ちになった。

「ところでシモン君。マザー・シルヴィアは息災かい？」

「元気元気。オレが星都発つときも、チビたち叱り飛ばしてたよ」

「マザー・シルヴィアって？」

首を傾げるオルフェに、オレとマラディで説明する。

「今から行く旧大聖堂の聖堂長で、孤児院の院長。オレと病み騎士先輩の育ての親だな。怒るとめっちゃ怖い」

「厳しいけど、とても優しい人だよ。アミカも本当の母親のように慕っていた方だから、きっとオルフェ君も仲良くできるさ」

「そっかあ……じゃあ、母さんの話がたくさん聞けるんだね。シモンとマラディさんの話も」

「オレのは聞かなくていいぞ」

「僕のは聞かなくていいかな」

オレとマラディの声がピッタリ重なった。だってマザー、多分オレの孤児院時代のやんちゃを全部覚えてるぞ？　何を話されるか分かったもんじゃない。マラディも似たような理由だろう。前髪の下で目を逸らす気配が何となく分かった。

「そうだ。オルフェ、マザーとチビたちに手土産買いに寄り道していいか？」

「もちろん。あ、僕も何か買うよ。母さんがお世話になった方なんでしょ？」

「それはいいね。シモン君、手ごろな店はあるかい？　しばらく帰ってないから、詳しくなくてね」

「おー任せろ任せろ。星都の隅から隅まで案内してやらあ」

会話に花を咲かせながら、オレたち三人は入都手続きを進める。オレは手の甲の七芒星、オルフェは巡礼章、マラディは大剣の星銀細工を身分証明と通行証代わりに、いよいよ星都サン＝エッラへと、足を踏み入れる。

――オルフェとの旅も、これで終わりかあ。

聖女アミカの弔いが終わったら、オレは祓魔師の、マラディは粛清騎士の仕事に戻り、オルフェはひっそりと人間に紛れて生きていく。

ここまで辿り着いた達成感と安堵、そしてわずかな寂しさ。でも、そこに後悔は一つもない。

色々とありはしたが、この旅はオレの人生で一番楽しい二か月半だった。

――なあに、今生の別れってわけじゃないさ。会いたい時は会えば良い。

そんな風にオルフェとのこれからに思いを馳せながら、壮麗な彫刻が施された星都サン＝エッラの正門を潜り抜けて――。

「全員、そこを動かないでもらおう」

オレたちの目の前に立ちふさがったのは、異様な集団だった。

きっちり前を閉じた灰色のコートの上から同じ色の肘丈ケープを羽織り、臙脂色の帽子に色眼鏡を掛けた輩が五人。どいつも黒の長手袋をはめた手に、鎖や棘付きの棍棒など物騒なものを掲げている。

その輩どもの後ろには、磨き抜かれた鎧に槍と大楯で完全武装した大勢の騎士たち。ネズミ一匹通さないとばかりに隙間なく並び、半円状にオレたちを取り囲んでいた。

全く正反対の二つの集団。その全員の胸元に輝くのは、星銀で出来た七芒星の護符。

「異端審問官に、聖騎士だと……？」

マラディがオルフェを背に庇いながら、怪訝な声を上げる。

灰色コートに臙脂帽の輩は、異端審問官。神の教えを歪めて伝える異端者や悪魔崇拝者、悪魔に協力する個人・団体を捕縛し尋問する、粛清騎士と同じく序列外の役職だ。

完全武装の騎士たちは、ソフィア教国聖騎士団——通称、聖騎士。ソフィア教国の守護を担う誉れ高き騎士であり、特に聖地でもある星都サン＝エッラに配属された者たちは、選りすぐりの精鋭と聞く。

「オイオイ、随分と豪勢なお出迎えだな？」

「シモン……」

チラリと入って来た門を見れば、門の外でも完全武装の聖騎士たちが退路を塞いでいた。

明らかに歓待する気はない物々しい雰囲気に、オレはオルフェの隣でマントの下の武器に手を掛ける。

「貴様が、祓魔師『百器』のシモンか」

中央に立つ鎖を持った異端審問官が、神経質そうな甲高い声でオレに尋ねた。

「だったら何だ？　サインが欲しけりゃ順番に並びな」

異端審問官はオレの挑発に反応することなく、武器を構えたまま、厭味ったらしく宣言した。

「祓魔師『百器』のシモン――悪魔と通じた嫌疑により、貴様をここで拘束する」

ヒュッ、とオルフェが息を詰まらせた。オレは異端審問官を睨みつけて反論する。

「悪魔と通じただあ？　ハッ、よりにもよって祓魔師相手に吹かしたもんだなオイ」

「被告たる貴様の如何なる異議もこの場では受け付けない。大人しく縛に就け」

聞く耳なしか、仕方ねえと武器を抜きかけた瞬間、マラディがオレたちの前に出て、逆手に持った大剣を乱暴に地面に突き立てた。

「では、僕の異議は聞き入れてもらえるね？」

刃の覆いを付けたまま下ろした大剣の腹に書かれた、星銀の文言を見せつける。微動だにしない異端審問官の後ろで、聖騎士たちが微かにざわめく。

「粛清騎士団所属のマラディだ。異端審問官殿、任務であると言うならば粛清騎士が同行するはずだが、何故この場に僕の同輩が一人もいない？　加えて、嫌疑の内容も曖昧に過ぎる。異端審問は規則により、確たる証拠に基づく嫌疑の具体的な内容を示さねばならないだろう」

誤情報によって悪魔に利用されることを避けるため、異端審問は冤罪が生まれることのないよう調査の工程が厳密に定められている。粛清騎士の同行と、嫌疑の明確化もそうだ。

粛清騎士のマラディが、この場に同輩がいないと断言したのだから、まずこれは明確に違反している。

更にオレへの嫌疑は『悪魔と通じたこと』——いつ、どこで、どんな悪魔と？　通じたとは具体的に何を指すのか？　それらが全く示されていないから、これも規定違反。

もしオレがオルフェを星都に連れて来たことを指しているのならば、この場でオルフェに言及しないのはおかしい。それなら『悪魔と通じた』ではなく『半魔を星都に侵入させる手助けをした』として、オルフェも名指しで拘束あるいは討伐の対象に入れなければならない。

　マラディの反論に、鎖持ちの異端審問官が答えた。

「此度の任務は緊急性の高さゆえに特例措置が取られている。与するならば、貴殿も速やかに排除する！」

　ガシャン、と一糸乱れぬ動きで聖騎士の槍がオレたちに向けられた。正面突破は不可能。退路もなし。説得も無駄。狙いはオレと、下手したらオルフェも。

　オレはオルフェの腰を抱き寄せ、マラディに目配せして頷き合う。

　——ここまで来て、オレらの旅を台無しになんてさせるかよ。

「オルフェ、しっかり掴まってろよ」

「うん」

　鎖持ちの異端審問官が鎖を構えたと同時に、オレは叫んだ。

「【星女神よ！　我が身に力を宿し給え！】」

【身体強化】の秘跡を発動。オルフェを横抱きにして真っすぐ前に走り出すと同時に、後ろでマラディが大剣を水平に構える。

「《風の精霊！　彼らを守って！》」

「！　精霊術っ！」

　マラディが口にした精霊語に鎖持ちの異端審問官が警戒し、オレからマラディに注意が逸れる。

マラディは大剣を水平に構えたままオレたちの後ろを走り、そして——。

「今っ！」

鎖持ちの間合いギリギリのところで、オレは合図と共に上に飛ぶ。その足裏目掛けて、マラディの大剣が振り抜かれる。

そのまま受ければ膝から下が消し飛ぶが、マラディの頼みで集まった精霊たちがオレとオルフェを包みこみ、大剣の直撃からオレたちを守る——結果。

ゴウッ！　と砲弾もかくやと言う勢いで、オレたちは斜めに空へ打ち出された。

包囲していた聖騎士とその後ろから遠巻きに囲んでいた野次馬の遥か上を、オレはオルフェを抱いたまま見下ろす。

——ひゅーう、絶景！　追われてなけりゃ、最高の眺めなんだがな！

見えない風の精霊に守られながら、オレは建物の屋根の上に着地。地上から聞こえる民衆のどよめきを置き去りに、そのまま屋根伝いに全速力で駆けて行く。

「どうするの？　シモン！」

「当然、旧大聖堂まで逃げ切るぞ！　敷地に入れば、聖域保護も適用されるしな！」

聖堂及び教会の敷地は、星女神の加護篤き聖域。神の聖域では、人の世で犯したあらゆる罪が許される。

　そのため、聖堂及び教会の敷地に逃げ込んだ犯罪者は、敷地内に居る限り罪の追及から逃（のが）れることが出来る慣習がある。それが聖域保護だ。

「とは言え、こっちは冤罪だが……な!?」

　次の建物に飛び移ろうとした瞬間、オレは信じられないものを見た。

　眼下の群衆を掻（か）き分けて進行方向から迫（せま）る、灰色コートに臙脂の帽子の一団だ。

　──先回り!?　嘘（うそ）だろオイ!?

　聖騎士の包囲が破られることを予期していたとでも言うのか。こちらに気づいた異端審問官たちは、迷わずオレが飛び移ろうとした建物に入っていく。オレは咄嗟（とっさ）に急停止して直角に曲がりながら、腰の後ろに吊（つ）るした鉤（かぎ）付きロープを取り出した。

「抱きつけ！　落ちるなよ！」

「うん！」

　両腕両足（りょううで）でがっしりしがみつくオルフェを左腕だけで支え、屋根から勢いよく飛びおりる。

　そして右手で鉤を振り回してぶん投げ、道の反対側にある建物の屋根に引っ掛けた。

　頭を庇って悲鳴を上げる群衆の真上すれすれを振り子のように通り過ぎ、膝で衝撃（しょうげき）を和（やわ）らげながら建物に着壁。そのままロープ伝いに建物を登る。さっきまでいた屋根で異端審問官たちが騒（さわ）ぐのに目もくれず、オレはロープを回収し再びオルフェを横抱きにして走った。

「母さん、力を貸して！」

異端審問官を一旦撒いた所で、オルフェが母親の櫃像を鞄から取り出し、オレの疲労を癒す。

山を登って星都に入った直後から追われ、体力をそれなりに消耗していたので、大変ありがたい。

「悪ぃ、助かる！」

「うん、どういたしまして！」

オルフェの笑顔で精神力も回復し、オレは再び気合を入れて旧大聖堂を目指すが――。

「居たぞー！　こっちだグァァ！」

建物から降りた先にいた異端審問官の背中を踏みつけ。

「覚悟しろ邪教徒めゴハァ！」

人気のない路地裏で出くわした異端審問官に飛び蹴りをかまし。

「「来たぞ！　包囲して逃がすなウワァァァァ！」」

道を挟んだ左右の民家から湧いて出た異端審問官たちを、通りかかった馬車を拝借して蹴散らした。

「――一体全体、どうなってやがんだよクソッタレ！」

拝借した馬車の御者におざなりの詫びといくらかの銀貨を握らせて星都を走り回るよう頼み、オルフェの手を引きながらオレは誰もいない路地裏を全力疾走していた。

蹴散らせども湧いてくる異端審問官どもに幾度も先回りされ、オレは堪らず悪態をつく。

本っ当に訳が分からない。奴らの中に、遠く離れた相手に思念を伝える【伝令】の秘跡を持つ輩が居るなら、先回りは一応納得がいく。だが、聖騎士の完全包囲から抜け出すことを想定し、これだけの数の審問官を前もって星都中に配備しているのは不可解に過ぎる。

「シモン、次に出くわしたら僕の歌で――」

「駄目だ！　それこそアイツらに異端認定されて、星都に居られなくなる！」

確かにオルフェの歌に聴き惚れている内に撒くのは悪い手段ではない。だが、相手は異端審問官。オルフェの歌に宿る悪魔の力は、格好の糾弾材料にされてしまう。

星都から追い出されるだけならまだいい。下手をすれば――否、あの様子だと、即座に火刑台送りにされてもおかしくはない。

母親の櫃像を握って唇を噛みしめるオルフェを、オレはニッと笑って励ます。

「大丈夫だ！　オレは凄腕祓魔師シモン様だぜ？　悪魔相手はもちろん、人相手だって負けやしねえ――そら、見えたぞ！　旧大聖堂だ！」

路地裏を抜けた先、賑わう広場の向こうには懐かしき我が家があった。

まだらに煤けた茶褐色の重厚な壁。石造りの堂々たる佇まい。屋根に輝く七芒星。

かつて星都サン＝エッラを占領していた異教徒が建てた古城を改築した、この地で最も古い建物にして、十八年前の襲撃にも最後まで耐え抜く堅牢さを誇った、最も頑丈な要塞。

星都襲撃後の都市再編で新たな大聖堂が建てられた今になってもその威光は衰えず、今なお多くの信徒が集う場所——それがオレの家、もとい旧大聖堂だ。

「アレが、母さんの育った場所……」

「ああ。もうすぐだ。中に入れさえすればこっちの——」

オレははぐれないようにしっかり手を繋いだまま、オルフェを勇気づけようと振り返れば、オルフェの肩越しに臙脂の帽子と白銀の鎧が人混みを掻き分けてこちらに向かってくるのが見えた。

「見つけたぞ！　悪魔のしもべめ！」

広場に響く甲高い叫び声に、人々がどよめき足を止める。オレは即座にオルフェを横抱きにし、【身体強化】を発動。人の間を縫って旧大聖堂へと駆け出す。

「シモン、あの人！」

「あのキンキン声、間違いねえな！　門で会った奴だ！」

「じゃあ、マラディさんはっ」

「今はそれどころじゃねえ！」

鎧を鳴らして迫る聖騎士たちを背に、オレは旧大聖堂に向かって叫んだ。

「聖域保護を！　謂れなき罪で追われている！　保護を！」

オレの声を聞きつけ、旧大聖堂内から濃紺の服を着た修道士たちが外へ出て、信徒の出入りのために開け放たれた門の向こうでオレたちを手招きする。

ガシャガシャと鳴る鎧の音はまだ遠い。門まであと四歩、三歩、二歩──。

「【星女神よ！　我が鎖に悪魔のしもべを捕らえる力を！】」

その言葉と共に、全く警戒していなかった真横から、獲物に食いつく蛇の如く鎖がオレの右足に絡む。声のした先には、鎖を持った異端審問官。オレが背後の聖騎士に気を取られていた隙に、広場の人々に紛れて回り込んでいたのだ。

祈りによって強化された鎖はちぎれそうもない。旧大聖堂まであと一歩。ならば。

「オッラアアアアア！」

オレは横抱きにしていたオルフェを、強化した腕力に任せて門の中に向けて投げ入れた。

オルフェが門の内側で修道士たちに受け止められると同時に、足に絡んだ鎖が引っ張られ、オレは石畳の広場に引き倒される。

そのまま異端審問官によって手繰り寄せられた鎖は、容赦なくオレを石畳の上で引き摺り、目の前から旧大聖堂が遠ざかっていく。

「シモン！」

「出るな！　絶対に出るんじゃねっガァ！」

旧大聖堂から叫ぶオルフェを、引き摺られながら制止するオレの背中に真上から衝撃が走り、堪らず圧迫された肺と胃から息を吐いた。

「よくもまあ手間をかけさせたな！」

見上げた先にはオレの背を踏みつけて勝ち誇った顔を見せる異端審問官。そして逆光を反射する鎧が重々しい音を立ててオレを取り囲み、剣を突き付けながらオレの両腕を後ろ手に縛り上げ、肩を摑んで無理矢理立たせる。

「シモン！　やめて！　お願い放して！」

聖騎士たちの頭越しに、押さえ込む修道士たちを必死に振り払おうとするオルフェが見えた。

ここでオルフェが飛び出したら、何もかもが無駄になる。母親を故郷で弔うために、悪魔相手に何度も死線を潜った、ここまでの旅が。

――星都で、オルフェが幸せに暮らす未来が。

「――大丈夫だ！」

だからオレは、胸を張って笑った。

「心配すんな！　絶対ぇ戻ってやるから、そこで良い子にして待ってろ！」

「あ……」

オレの言葉に、オルフェは呆けた表情でオレを見る。大丈夫、大丈夫だ。オルフェには絶対、手出しできねえように立ち回る。オレなら出来る。

　——だから……安心して、幸せになれ。


「あ……あ、あああ、うぁあああああああぁあああああ!!」

　次の瞬間、完全に予想外のことが起きた。耳をつんざくような悲鳴を上げて、オルフェが修道士たちを振り払ったのだ。

「嫌だ、嫌だ嫌だ嫌だいやだぁ!!」

　片手に母親の櫃像。もう片手には竪琴。駄目だ。こんな大勢の前で聖琴エウリュディケなんて出したら、異端呼ばわりされても言い逃れできない。

　オレの隣で、異端審問官が、舌なめずりをして鎖を構えた。

「馬鹿、来るな!!　戻れぇ!!　【星女神よ！　我が身に——】」

　力を、と続ける前に、聖騎士に顔を殴られ、【身体強化】が中断される。その間にも、オルフェはこちらに駆け寄ってくる。異端審問官の鎖の間合いに、近づいてくる。

「やめて、やめて!!　行かないでシモン!!　——父さんと同じ顔なんかしないでぇ!!」

オルフェが櫃像と竪琴を掲げ、異端審問官が鎖を投げようとした瞬間。

黒い人影が突如として現れ、強烈な当て身をオルフェに食らわせた。

その姿を見た異端審問官は、鎖を投げるのを止めて顔を歪め、オレは安堵の笑みを漏らした。

どうやら正門で聖騎士たちを蹴散らしてから、精霊術で姿を消してここまで来たらしい――あの図体とでかい剣は、どうやったって目立つからな。

「良い仕事だぜ、先輩」

大剣を背負った黒い人影――マラディは、オレを一瞥してから無言でオルフェを抱え、旧大聖堂の中へ入って行く。

「チッ……行くぞ。連行しろ」

苦々しげな異端審問官の言葉で、オレは頭から黒い布袋を被せられ、聖騎士に両脇を固められて連行された。

✡

旧大聖堂前の広場で捕まってから、体感で一時間くらいだろうか。

護送用と思しき馬車に荷物のように投げ入れられ、運ばれること三十分弱。そこから再び聖騎士に両脇を掴まれて引きずり出され、歩き回ること三十分弱。

両側の聖騎士が立ち止まった直後。蝶番が軋む音に、大きなものを床に引き摺る音。

被せられた布袋のせいで周りの景色は見えないが、袋越しに聞こえる音と空気の流れから、オレの前で巨大な門が開くのが分かる。

「拘束した者をこれへ」

部屋の奥から、若い女性の凛とした声が響いた。聖騎士に引き摺られて踏み出した足裏から伝わるのは、柔らかな絨毯の感触——相当良い値段するだろ、これ。

半ば投げ出されるように床に両膝をつかせられ、両肩を押さえ込まれた状態で、オレの頭から袋が外された。

——嘘だろ、オイ……。

突如明るくなった視界に飛び込んで来たのは、あまりにも壮麗な光景だった。

大地を表す薄茶に、白い星が規則的に並ぶ磨き抜かれた大理石の床。黄金の装飾が施された白い柱が整然と立ち並び、厳かな空間を作り上げている。

左右の壁に描かれた色彩豊かで壮大な壁画は、間違いなく一流の芸術家の手によるものだろう。

右の壁には、人が星女神より知恵を授かり、数多の困難を乗り越えて信仰を広めていく様が。

左の壁には、悪魔が天の国より追放され、数多の災厄を振りまいて地上を責め苛む様が。

半球型の天井に作られた、星を模したいくつもの天窓からは、まるで数多の星々が困難と災厄に翻弄されながら立ち向かう人間を見守るかのように、光が煌々と降り注ぐ。

そして中央にある巨大な天窓の真下。オレの足元から伸びる真っ赤な絨毯の先で、階段の上の玉座に座す、一人の女性。

胸元に金糸で七芒星を縫い取った白い法衣を身に纏い、腰まである白金の髪の上には、太陽を模した黄金の冠。右手には星女神の瞳を表す月を象った銀の杖。

善悪の狭間に身を置いて、天より神の教えを授かり、地上にてそれを体現する。七星教の最高位聖職者。大聖堂長にして七星教大司教。そして、ソフィア教国の頂点。

十八年前の星都襲撃を予知した『神託の聖女』――教皇カサンドラが、聖騎士たちに守られた玉座から、こちらを見下ろしていた。

――……本当にどうなってやがるんだ？

冤罪で捕まったと思ったら教皇に謁見していた。何の冗談だ。意味わかんねえ。あまりに脈絡のない事態に呆気に取られていると、後ろから後頭部を押さえ込まれ、顔を絨毯に埋められた。

「教皇猊下の御前であるぞ！　控えないか！」

恐らくまたオレを足蹴にしているだろう鎖野郎が、甲高い声を上げながらオレの後頭部をぐりぐりと踏みにじる。いや猊下の御前で暴力行為の方が不敬だろうがよ。

「構いませんよ、ドミニク。私に見えはしないのですから」

「はっ。猊下の慈悲深き御心のままに」

教皇猊下は、固く閉ざされたままの瞼を向けて、鎖野郎——ドミニクを制した。ドミニクが畏まった返事をしてから足をどけた所で、猊下は再び口を開いた。

「祓魔師『百器』のシモン。直答を許します。己の罪は分かっていますね？」

どこか冷たさを孕んだ声で投げかけられた猊下の問いに、オレはまず形式的に頭を下げて礼を返す。

「教皇猊下への拝謁、並びに直答の許しを賜ったこと、恐悦至極に存じます」

しかしながら、とオレは続けた。

「此の度、私を縛するに至った罪状に心当たりはなく、また捕らえるに至るまでの経緯にも疑念を呈せざるを得ません」

「己は無実であると？」

「滅相もない。心当たりがない、と申し上げるのみです。この身が至らぬゆえに、知らぬ間に罪を犯しているのであれば、信仰の体現者たる教皇猊下より、眠れる我が知に目覚めを促して頂きたく存じます」

「なるほど……無知ゆえに罪の自覚がないと。ならば教皇として言葉を以て貴方の知と良心に訴えましょう」

星女神が人間に知恵を授けた際の一文を聖典から引き合いに出せば、教皇猊下は淡々と語りだした。

「二日前。星女神より私に神託が下りました」

教皇猊下が授かった神託に曰く。

『二日の後、竪琴の聖者が星都に訪れる。しかしその隣には、聖者を悪魔に引き渡そうとしている者がいる』

『其の者は聖職者の身でありながら、聖者に世俗のあらゆる罪を教え堕落に導き、悪魔の贄にせんと企む』

『もし其の企みが叶えば、星都は再び大いなる災いに見舞われるだろう』

神託を聞いたオレは、頭を下げたまま思い切り顔を顰めた。

最初の一文。竪琴の聖者は、おそらくオルフェの事だろう。癒しの聖女アミカの息子であり、母親の遺骨から【治癒】の秘跡を引き出して使える上、聖琴エウリュディケによって星女神の聖なる力を増幅することが出来る。

問題はその後だ。

神託の主旨は聖者の登場を告げることのように聞こえるが、その実〝聖者〟という単語を引き合いに、星都に大いなる災いをもたらす聖職者とやら——つまりオレを討てと暗示している。

そして一番の問題は、この神託が聖者(オルフェ)を悪魔の贄にする企み、即(すなわ)ち『箱舟(はこぶね)』計画に触(ふ)れていることだ。

これはマズい。非常にマズい。内心で冷や汗(あせ)をかくオレに、教皇猊下が追い打ちと言わんばかりの事実を連ねる。

「神託を受けた直後、私はまず竪琴(たてごと)の聖者と思しき人物の特定を各地の教会及(およ)び聖堂に命じました。結果、行く先々で卓越(たくえつ)した演奏を披露(ひろう)する竪琴弾(ひ)きの吟遊詩人(ぎんゆう)が、貴方と粛清(しゅくせい)騎士(きし)マラディの三人で行動を共にしていることが分かりました。三人の中で聖職者は祓魔師(エクソシスト)たる貴方だけです」

教皇猊下の瞼が開き、薄青の瞳をこちらに向ける。

「祓魔師(エクソシスト)シモン。貴方に覚えがなくとも、貴方の罪は、星女神(エツラ)が全(すべ)て存じております。貴方も聖職者の末席に座す身であれば、星女神(エツラ)の御言葉(おことば)にて己の悪を知り、良心に従い悔(く)い改めなさい。悪魔の企みについて、知る限りのことを打ち明けるのです」

――クソッタレ。ほぼ詰(つ)みじゃねえか。

悪魔の企み。『箱舟』計画。旧(ふる)き明星の魔王ルキフェルと癒しの聖女アミカの間に生まれたオルフェを贄にして『箱舟』を動かし、天の国へ攻(せ)め込む。

これが七星教にばれたら当然、計画阻止(そし)に動き出すだろう。

そして計画を阻止する一番手っ取り早い方法が、オルフェの殺害だ。オルフェさえいなければ、箱舟は動かないのだから。

殺す理由なんて、悪魔の企みを阻止するための尊い犠牲だのなんだのと、いくらでも言える。何なら『自ら我が身を犠牲にして悪魔の企みを防いだ』なんて美化して後世に伝え、七星教を讃えるための物語として永遠に利用し続けられることも十分あり得る。

だからこそ『箱舟』計画の存在は、絶対に七星教に知られたくなかった。

しかし神託という完全に埒外の方法で、よりにもよって七星教の頂点である教皇猊下に知られてしまった。

もし教皇命令でオルフェを処刑すると言われれば、それを止められる者は誰もいない。

――こうなったら、オレに打てる手は一つしかねえ。

幸いにして『箱舟』計画の詳細は知られておらず、神託でオルフェは聖者――七星教の崇敬の対象とみなされている。ならば。

「……尊き御言葉を賜り、信徒としてこの上なき幸運に恵まれたことを感謝いたします」

オレは頭を深く下げ、教皇猊下に謝辞を伝え、そのままの姿勢でこう言った。

「しかしながら私は、聖典にて『犯してもいない罪を悔いよ』との言葉を得た覚えはございません」

次の瞬間、ドミニクの振り上げた足で再びオレは絨毯に頭を沈められ、両隣に居た聖騎士がオレの首筋に剣先を突き付ける。

「貴様ぁ！　神託を受けたのは、教皇猊下であるぞ!?　信仰を体現する最も尊い御方に授けられた神託を疑うとは何事だ!!」

オレは絨毯に顔の横半分を埋めながら、怒りに顔を歪めるドミニクをハッと鼻で笑った。

――教皇猊下だから、ねえ。

恐らくドミニクは、信仰に忠実な聖職者こそが、一番神に近くて偉いって考えの奴だ。神託を受けたのが教皇じゃなくてただの村娘だったら、耳を貸すどころか嬉々として異端扱いするに違いない。肩書でしか物事を評価しない類の、典型的な権威主義者だ。

――馬鹿か。神が人を地位や身分で贔屓するかよ。

そもそも信仰は、全ての人の営みに寄り添うものだ。聖職者はそれを実践して広める役割を担うだけ。教皇やら司教やらは、所詮教国と七星教の中での序列に過ぎない。人が人の世の都合で勝手に作った仕組みだけで個人を判断するなんてこと、神々がする筈ないだろうが。

「いえ、神託に不服など申してはおりません。神託の告げる如何なる罪も犯さぬ内から、『罪を犯そうとしている』という理由で捕らえられたことに疑念を抱くのみです」

ドミニクに踏みつけられながら、オレは不敵に笑ってみせる。

『箱舟』計画を示唆する神託が出ている以上、打てる手はただ一つ。

オルフェに関するあらゆる情報の徹底黙秘。何があっても、オルフェが『箱舟』計画の鍵であることを知られてはならない。

その為にはオレに注目を集め、オルフェへの言及を可能な限り避ける。

そして無実と冤罪をひたすら主張し、捜査の不手際をしつこく指摘して時間を稼ぎ、勾留の隙を突いて脱出しどうにかオルフェを逃がしに行く。

仮に教皇の名でオルフェの引き渡しが命じられても、その命を受け取る旧大聖堂の長は、マザー・シルヴィアだ。事情を知ったマザーが大人しくオルフェを引き渡すはずもないし、何よりまずマラディが黙ってない。

——大丈夫だ。オレなら、上手くやれる。

腹をくくったオレは、足蹴にされたまま教皇猊下に尚も問うた。

「それに捜査の経緯についての御答えは、まだ頂いておりません。正式な捜査であるのならば、なぜ異端審問官に粛清騎士の同行がなかったのでしょうか？　もし猊下の御心の内に私ごときの身で及ばぬ深いお考えがあるのならば、是非お聞かせいただきたい」

あちらには『教皇猊下が授かった神託』という最強の手札がある。しかし、ソフィア教国教皇という身分ゆえに、教国の定めた法をあからさまに無視することは出来ない。教国の法が七星教の聖典を基盤に作られている以上、法を蔑ろにすることは聖典を蔑ろにするに等しいからだ。

向こうも同じ考えに至ったのだろう。教皇猊下は再び瞼を閉ざして口を開く。

「よいでしょう。貴方に悔悛を促すためにも、疑念には全て答えます」

教皇猊下の御言葉に、ドミニクは渋々オレの頭から足をどけ、聖騎士は剣をしまう。

「粛清騎士を同行させなかったのは、私の一存です。万一に備え、聖者の保護も同時に行う事態を想定しておりました」

その答えに対し、オレは神託を聞いたときに抱いた疑問をぶつける。

「聖者を守るためならば、私を捕らえるよりも、教皇の名でかの者を保護すればよろしかったのでは？　いち祓魔師に過ぎぬ私は、七星教の頂点にして信仰の体現者たる教皇の命に逆らうことなど出来ませぬのに」

そう、何故オレを捕らえる必要があるのか。『聖者を守り、悪魔の企てを阻止する』というだけなら、教皇命令でオルフェを保護し、オレと引き離した上で今の神託をオルフェに伝えるのが一番手っ取り早いのだ。教皇による保護という名目であれば、所詮七星教の末端に過ぎないオレには、少なくとも表立って歯向かう手段はない。

何故そうせずに、正門での待ち伏せや、星都中に人員を配してまで、オレを捕らえることを優先したのか。

このオレの問いに、教皇猊下は顔をわずかに強張らせた。

「民衆の混乱を避けるため、聖者の存在を公にすることは出来ませんでした。そして何より、貴方を野放しにしておくわけにはまいりません」

予想外の言葉に、オレは目を瞬かせながら尋ねた。

「私を？　いち祓魔師に過ぎない私が、何をするとおっしゃるのですか？」

銀の杖を握る手に力を入れ、教皇猊下はこう告げた。

「祓魔師シモン。貴方が私を斬るからです」


「……私が、猊下を、斬る？」

あまりの衝撃に、オレは一瞬反応が遅れてしまった。いくらオレでも教皇猊下に刃を向けるなんて真似はしない。するとしても、どんな状況だよそりゃ。

「はい。神託と共に、私は一つの未来を予知しました——私の眼下に燃える星都と、二本の剣で私に斬りかかる、金茶の髪をなびかせる若い男の祓魔師。この特徴に該当する祓魔師は、『百器』のシモン以外存在しませんでした」

——ん？　何だ？

教皇猊下は硬い声音で語りながら、玉座の手摺に置いた手を握りしめる。

「私の持つ【予知】の秘跡は、今まで外れたことがありません。十八年前と同じく、星都に再び惨劇が訪れると知った以上、教皇として星都サン＝エッラの民をあらゆる手を尽くして守らねばなりません。ゆえに、貴方だけは何としても捕らえる必要がありました。貴方がどこへ逃げても捕らえられるよう異端審問官を配した甲斐（かい）あって、予知は覆（くつがえ）ることになるでしょう」

　どうも何かが引っかかる。何だ？　今、何がおかしかった？

　だが、オレがその違和感（いわかん）に辿（たど）り着く前に、教皇猊下は最終通告を下した。

「これが最後です、祓魔師（エクソシスト）『百器』のシモン。ソフィア教国教皇たる我が命に従い、己（おのれ）の悪行を恥（は）じ、悪魔（あくま）の企（たくら）みを明らかになさい。そして聖者を七星教に引き渡（わた）し、二度と近づかないと誓（ちか）いなさい」

　――ここまでか。

　オレは静かに息を吐（は）き、顔を上げて言った。

「我が信仰に誓って申し上げます。私は星女神（エツラ）の前に嘘偽（うそいつわ）りを述べることはございません。信仰の体現者たる教皇猊下の御前（ごぜん）においても、それは同様でございます」

　閉ざされた瞼（まぶた）の向こうにある教皇猊下の瞳（ひとみ）を、オレは真っすぐに見据（みす）える。

「私は祓魔師（エクソシスト）として、悪魔の企みに手を貸してはおりません。私は、無実です」

「……どうあっても、認めませんか。致（いた）し方ありません」

　教皇猊下は銀の杖をオレに向け、高らかに宣言した。

「祓魔師（エクソシスト）『百器』のシモン。教皇の命に反した罪で、貴方を逮捕（たいほ）します。ドミニク」

「はい、猊下」

「十八年前の惨劇を繰り返さぬためにも、速やかに悪魔の企みについて詳らかにせねばなりません。これよりすぐに、この者の尋問に取りかかりなさい」

「畏まりました」

ニタリと笑ったドミニクが、オレの頭に再び黒い布袋を被せる。そうしてオレは聖騎士に両腕を抱えられて、為す術なく謁見の間から連れ出された。


再び袋が外されたオレが立っていたのは、先程の謁見の間とは打って変わって、真っ暗な廊下だった。石造りの壁に掛かった松明が、目の前の分厚い鉄扉を照らす。

「ここが貴様の尋問場所だ。忠告しておくが、素直に吐いた方が身のためだぞ？　教皇猊下は如何なる手を用いても悪魔の企みを明らかにせよとの仰せだからな」

厭らしい笑みを浮かべたドミニクが分厚い鉄扉を開けた瞬間、猛烈な臭気が顔面を直撃し、オレは堪らず噎せ返る。

顔を顰めた聖騎士たちが、咳込むオレをお構いなしに部屋に押し込んだ。

「……ハハッ」

目の前の光景に、オレの口から乾いた笑いが零れる。

天井からぶら下がる枷付きの鎖。二枚の板を斜めに交差させた磔台。背もたれから手摺に座面までびっしり棘の生えた椅子。横倒しになった三角柱に四本の脚を生やした台座。それら全てに染み込んでいる、かつての犠牲者が流しただろう赤黒い痕跡。

石造りの部屋の中央で轟々と焚かれる炎を囲んでいるのは、ドミニクと同じように口元を布で覆った異端審問官たち。各々が鉄の棒、棘付きの鞭、洋ナシに似たよく分からない器具や鰐の形のペンチを手に取り、色眼鏡をかけた表情の読めない顔を一斉にこちらに向けた。全員のレンズに、炎がねめるように映り込む。

「……まったく、手厚い歓迎だぜ」

カチカチ、とペンチの鰐が歯を鳴らす。オレの後ろで、鉄扉が蝶番を軋ませながらゆっくりと閉じた。

懐かしい匂いがする。

優しくて、すごくホッとする香り――……。

「あ、目～開いた～」

「開いたねえ」

「起きたって言うんだよ」

――……？　……子ども？

目の前では知らない子どもたちが、顔を寄せ合って僕――オルフェを覗き込んでいた。

「ほら、起きたらマザー呼ばなきゃ」

「は～い」

「マザー！　起きたよー！」

子どもたちが慌ただしく去って行き、周りには誰もいなくなった。

「どこだろ、此処……」

どうやら、僕は寝ていたらしい。ベッドから起き上がって、辺りを見渡す。窓から差し込む西日に照らされた簡素な部屋は、見覚えがない。僕の靴と荷物はベッドの足元に、チュニックと靴下は畳まれてサイドチェストの上。

その隣に佇む母さんの櫃像を見て、僕はようやく寝ていた理由を思い出した。

――そうだ、僕は星都に着いて囲まれて、それで……。

「――っシモン！」

僕は慌ててベッドから飛び降りたが、立ち眩みがして思わず膝をつく。サイドチェストに手を突いてふらつきながら立ち上がった所で、扉が控えめに三度叩かれた。

「あら、まだ起き上がらない方が良いですよ」

扉の先に立っていたのは、背筋がしゃんと伸びた老年の修道女だ。彼女の持ったお盆から、懐かしい匂いが部屋中に漂う。

「この匂いって……」

「野菜のスープです。昼から何も食べていないでしょう？」

修道女にそう言われた途端、お腹が音を立てて鳴り、僕は恥ずかしさに目を伏せた。

「聞きたいことが沢山あるでしょうけど、まずはお腹を満たしなさい。話は、それからにしましょう」

「……わかりました」

僕はベッドの端に腰かけて、修道女からお盆ごとスープを受け取る。食事の前の祈りを捧げ、スプーンですくって一口。

柔らかく煮込まれた野菜が歯を当てただけで解け、とろみのあるスープと野菜の滋味が口いっぱいに広がる。

「やっぱり……」

間違えようがない。物心ついた時から十年以上食べ続けて来た味。燃えてしまったあの家で、毎日食べていた味。

「これ、母さんのスープだ……」

もう食べられない、母さんの味。温かくて、優しくて、懐かしい味。

一口食べ進めるごとに、鼻の頭がツンと熱くなる。一口飲み込むたびに、涙がポロポロと溢れてくる。

最後の一滴まで残さず食べ終えた後、修道女は泣きじゃくる僕にそっとハンカチを差し出してくれた。

「そのスープは、この孤児院で料理を習った子はみんな作れます――あなたのお母さまである、アミカもね」

穏やかな顔つきで母さんの話をする老修道女を見て、僕は彼女の正体に思い至る。

「ひょっとして、あなたは……マザー・シルヴィア？」

「ええ。初めまして、オルフェ。星都まで、よく来てくれましたね」

修道女――マザー・シルヴィアは、目尻の皺を深くして微笑んだ。

スープを食べ終えた後の食器を下げ、マザー・シルヴィアは余計な前置きを省いて本題に入る。

「マラディから、おおよその経緯は聞いています。星都に着いて早々、大変でしたね」

「それはいいんです。それよりも、シモンは？」

マザー・シルヴィアは、険しい顔で首を横に振った。

「異端審問官に連れて行かれたのであれば、今日明日中に戻ってくることはないでしょう」

「どこへ連れて行かれたのか、わかりますか？」

「落ち着きなさい。行ったところで、会うことはできません」

「でも彼はっ……」

「落ち着きなさい。オルフェ」

静かだけれど厳しい声音で念押しされ、僕は押し黙るしかなかった。

「異端審問官の務めには、本来は粛清騎士が立ち会います。しかし今回、審問官と連れ立っていたのは、聖騎士でした」

マザーは僕を諭すようにゆっくりと語る。

「星都の守護を担う聖騎士を動かせるのは、ごく限られた上位の者だけです。下手に動けば、却ってシモンの身を危うくしかねませんよ」

ただ、とマザーは続けた。

「此度のシモン捕縛には、不審な点が多すぎます。昼間の内に、マラディは粛清騎士団と共に抗議文を出しています。私も旧大聖堂の聖堂長として、異議を申し立てています。時間はかかりますが、シモンを必ず自由の身にしましょう。オルフェ。辛いでしょうが、今は耐え忍ぶときですよ」

「マザー……」

僕が膝の上でいつの間にか握りしめていた拳を、マザーの皺だらけの手が包む。とても細い指なのに、どうしてこんなに温かくて、力強いんだろう。

「食後のお茶を淹れて来ましょう。少し、待っていなさい」

そう言ってマザー・シルヴィアは静かに部屋を出ていった。

一人になった部屋の中。僕は自分の掌をジッと見下ろす。

マザーの言うことは尤もだ。僕は星都に来たばかりで、異端審問官のことも詳しく知らない。シモンがどこにいるか捜しようがないし、軽率な行動で却ってシモンを不利な立場にしては意味がない。

聖堂長がどのくらい偉いのか分からないけど、七星教の人たちには僕よりもマザーの言葉の方がずっと説得力があるだろう。マラディさんだって、粛清騎士団の人たちと一緒に抗議してる。

僕に出来ることは大人しくしてること。余計なことをしないこと。マザーとマラディさんが頑張ってくれているから大丈夫。きっと、大丈夫……。

――本当に？

大丈夫、大丈夫……そう自分に言い聞かせる度に、気を失う前に見たシモンの顔が頭をよぎる。

――また、僕は何もしないでいいのか？

島を出る直前に見た父さんと同じ顔。自分の命と引き換えに、僕の幸せを願う顔。

「……シモン……父さん…………シモン……ッ」

二人の顔が交互に出てきて、重なって。僕はギュッと目をつぶり、ぐしゃぐしゃと髪の毛をかき回す。嫌だ、嫌だ。怖い、苦しい――何も、考えたくない。

頭を抱えたまま、ベッドに倒れこんで両足を縮めて背を丸める。叫びだしたい衝動を、歯を食いしばって抑え込む。そうしないと、僕の全部が壊れる気がして。

「……、…………シモンの、うそつき」

叫ぶ代わりに噛みしめた歯の隙間から漏れたのは、飛びきりの醜い言葉だった。

「嘘つき、シモンの嘘つき、独りにしないって言ったじゃないか、どうして、どうしてこんなに苦しいときに居てくれないの？　シモン、シモン、シモンシモンシモン！」

涙と鼻水で膝を濡らし、届きもしない恨み言を吐き続ける。素足に触れるシーツが、どうしようもなく冷たい。

「寂しいよ、悲しいよ、怖いよ、怖いよう！　暖めて！　抱きしめて！　お願い、お願いシモン！」

ひとり横たわるベッドの上で、自分の両肩をきつく掻き抱く。嗚咽が、荒い吐息と共に誰もいない部屋に溶けていく。

「ずるい、ずるいよシモン！　あんなにも僕に優しくして！　どうして僕を独りにしてくれなかったの？　どうして僕にぬくもりなんて教えてしまったの？　いつも、いつも僕に惜しみなく与えてばかりで！」

泣きじゃくる僕の髪を撫で、優しく背中を叩く手。マントの下の引き締まった身体。その奥にある鼓動。

陽光に透ける金茶の髪。細められた翡翠の眼差し。僕の名を呼ぶ、少しかさついた唇。

シモンはいつも、僕の心が望むものを与えてくれる。

「僕は、僕は、僕だって……」

だから、だから、僕は――。

「……僕だって、約束したじゃないか」

そう口にした途端、フッと頭の中が晴れ渡った。

そうだ。僕だって約束した。シモンが僕を抱きしめてくれたあの日に。

僕は、シモンの助けになると。シモンを絶対に、独りにしないと。

——何を迷っているんだ。どうするかなんて、ずっと前から決めていたじゃないか。

僕はベッドから身体を起こし、シャツの袖で乱暴に顔を拭った。

靴下を履き、チュニックに袖を通して腰帯を結ぶ。靴を履いて荷物から竪琴を取り出し、そして母さんの櫃像を腰帯に挟んだ。

最後に帽子を被ろうとした所で、部屋の扉が再び開き、お茶を持ったマザー・シルヴィアが憮然とした顔で僕を見る。

「……待っていなさいと言ったでしょう」

「ごめんなさいマザー。スープ、とても美味しかったです」

僕は帽子を胸に当てて、頭を下げた。

「でも、僕はあのスープをシモンと一緒に食べたいんです。きっとシモンにとっても家族の味ですから」

「……見た目だけでなく、誰かのためになりふり構わない性格まで似ているのですね」

マザーは溜息を吐いてお茶をサイドチェストに置くと、僕の前に毅然と立ちはだかる。

「シモンは、あなたの平穏を願ってここまで送り届けたのですよ。今動けば、あなたを守ろうとしたシモンの献身が無駄になります。だから——」

一瞬の張り詰めた沈黙。マザーの説得を遮って、僕は言った。

「マザー・シルヴィア」

「マザー、僕は半魔です」

その言葉に、マザーは目を見開いて唇を引き結び、それからゆっくりと、大きく息を吐いた。鳩尾の辺りで指先が白くなるほど指を組み、それでも僕を真っすぐに見る。

「ここは聖域。あらゆる罪が許される場です――あらゆる命が、責められることのない場なのですよ」

――ああ、本当に。

マザーは本当に、優しい人だ。七星教の決まりでは、許してはいけないだろうに。マラディさんと同じように、許したくなんてないだろうに。

僕は緩く首を振って、マザーに語った。

「僕は訳あって、悪魔に追われる身です。ある時、僕を追って来た悪魔と偶然対峙したのが、シモンでした」

初めてシモンに会った日のこと。僕の運命が変わった日のこと。

「悪魔は、シモンに僕が半魔だと暴露し、僕を引き渡せば手を引くと言いました。でも、

シモンは僕を半魔と知って尚、僕を守り戦うことを選んだんです」

今でも鮮明に思い出せる。僕の紫の血を見ても尚、キマイラに立ち向かったシモンの背。

「両親を失って、誰にも正体を明かせず、星都に着くまでただ悪魔から逃げ続けるしかない。そんな時、助けてくれたシモンに僕は『独りはいやだ』と零してしまったんです。そうしたら、シモンは、約束してくれたんです」

逆境において一層に力強く、僕の心と歩みを常に支え続けた言葉。

「『僕を独りにしない』と。星都に連れて行って、母の知り合いに、家族に会わせると」

如何なる時も違えることなく、僕たちを繋ぎ続けた唯一のもの。

「シモンはずっと、約束を守り続けてくれました。祓魔師でありながら、半魔である僕のために、命を懸けて悪魔と戦い続けました。ずっと、僕の隣に居続けてくれました。今日だって、僕のためにシモンは自分を犠牲にしました――僕との、約束のためだけに」

約束は、互いが守らねば意味がない。僕だけが、その恩恵を受け続けるわけにはいかない。だから――。

「そんな約束をさせた僕が、命がけで約束を守って来たシモンを独りにすることはできません」

僕もまた、約束を果たさねばならない。何に代えても、シモンを助けねばならない――

否。

僕が、心から、そうしたい。

「ごめんなさい、マザー・シルヴィア。そして、心配してくれてありがとうございます。僕はそれだけで、十分に報われました。今度は、僕がシモンに報いに行きます」

静まり返った部屋の中。マザーは何も言わず、ただジッと床に目を落として立っている。

「……失礼します」

僕は帽子を被ってマザーの横を通り抜け、部屋を出て扉を閉めようとした。

「行くなら、マラディに声を掛けなさい。あの子なら、シモンが囚われている場所も分かる筈です」

振り向かずに、後ろを向いたままマザーは言う。

「必ず戻るのですよ。スープをたっぷり、作っておきますからね」

「はい、必ず——シモンを連れて」

マザーの背中にもう一度礼をして扉を閉め、僕はマラディさんを捜しに向かった。

旧大聖堂の礼拝堂は、黄昏の光に満ち溢れていた。

七星教の祈りの対象は、星女神を始めとした空に輝く星の化身たる神々。その全てに祈るため、七星教の礼拝堂では天井や壁に巨大な硝子をはめ込み、昼は太陽を、夜は月と星々を仰ぎ見るのだと、いつかシモンが話していたのを思い出す。

　明星を戴く黄昏の空を切り取った天窓の下で、大剣を胸の前に真っすぐ掲げ、目を伏せて祈るマラディさんが居た。

　先の丸い大剣は、剣と言うより墓標のようで、西日に照らされて長い影を床に落としている。

「マラディさん」

　声を掛けても、マラディさんは微動だにしない。僕は数歩踏み出して、もう一度呼びかけようとした。

　刹那。突風が帽子を吹き飛ばし、前髪を巻き上げた。目の前には、西日を鈍く照り返す重々しい金属の塊。

　それが先程まで掲げられていた大剣の先だと分かったとき、ようやく僕はマラディさんに剣を突き付けられたのだと気づいた。

「マラディ、さん……」

「分かってるよ。シモン君のところに行きたいんだろう？　君は、そういう子だ」

　僕が頷くと、マラディさんは緩く頭を振った。

「悪いけど、行かせる気はない。ここで行かせたら、アミカに申し訳が立たないよ」

「ごめんなさい、マラディさん。僕も退く気はありません」

「僕も十八年前と同じ過ちを繰り返すつもりはないよ」

剣先を突き付けたまま、マラディさんは言う。

「分かってるよ。どれほどアミカに似ていても、君はアミカじゃない。君を守っても、アミカは二度と戻ってこない。それでも――」

冷えた剣先が、僕の喉に触れた。

「僕は守ると誓ったんだ。どんな手を、使ってでも」

マラディさんは、黙って僕を見据える。明星の瞬き以外の全てが止まった礼拝堂で、僕はゆっくり口を開いた。

「ありがとう、マラディさん。でも、ごめんなさい。これだけは、譲れない」

一言話す度に剣先の冷たさを喉に感じながら、マラディさんから目を逸らさずに僕は続ける。

「分かっています。マラディさんが、僕を守ろうとしていることも。今までずっと、母を想い続けてくれたことも」

マラディさんは十八年前に喪った、母の背中を忘れられないでいる。だからこそ、母と瓜二つの僕で、同じ後悔を繰り返したくないのだろう。

――だって、僕もそうだから。

「でも……母があなたを独りにしなかったように、シモンは僕の隣に居続けてくれました。あなたが母を想うのと同じくらい、僕はシモンに感謝しています」

僕だって、繰り返したくなんかない。父さんが僕を逃がしたように。シモンが僕を庇ったように。

「だから今度は、僕がシモンを守りたい。助けになりたい。シモンが助けを求める状況にあるなら、僕が一番に手を伸ばしたいんです」

もう二度と、何もしないで守られるだけなんていたくない。

「お願いします、マラディさん。一緒にシモンを助けてください」

礼拝堂が、再び静寂に支配される。星の瞬きも消えてしまいそうな沈黙を破ったのは、マラディさんの深い溜息だった。

「本当に、君とアミカはよく似てる――頑固な所なんて特にね」

マラディさんは、僕に突き付けた剣を静かに下ろす。

「分かってるよ……分かってたんだ。僕は君と同じ道を歩けない。君に僕の道を歩かせてはいけない。君が歩くべきは、シモン君の隣なんだ」

下ろした大剣を悲しげに見つめるマラディさんに、僕は思わず問いかけた。

「三人で歩いたら駄目なんですか？」

「……僕はトラツグミが精々だよ」

言葉の真意をはかりかねる僕を余所に、マラディさんは重い大剣を背負いなおし、礼拝堂の出入り口に足を向ける。

「行こう。今夜は新月だ、足元に気を付けてね」

「……っ！　はい！」

僕は慌てて帽子を拾い、マラディさんを追って礼拝堂を出る。

帽子を被る直前に見上げた黄昏の空に、明星が一際美しく瞬いていた。


右を見ても骨。左を見ても骨。柱にも骨。天井にも骨。床が剥き出しの土なのが唯一の救いと言っていいだろうか。

悪魔の島を出て初めて、僕は全く理解の及ばないものに遭遇していた。

「オルフェ君、こっち」

「あ、はい……」

薄暗い骨の宮殿に、僕とマラディさんの声がやけに大きく反響する。

『罪人用の地下墳墓を通って、シモン君が囚われている牢獄へと向かうよ』

そう告げられ、マラディさんに付いて来た先の光景がこれだ。

壁は大きい骨で整然と組み上げられ、太ももの骨は太ももの骨、腰の骨は腰の骨と、骨が種類ごとに隙間なく積み上げられている。

柱には夥しい数の人骨が鎖で磔にされ、その隙間から見える燭台に刺さった蠟燭の灯りが、地下墓地を心許なく照らす。

天井と柱の境目で、針金で繋がれた人骨が腰から上を柱から生やして天井を手で支えるポーズを取らされ、天井は腕の骨を並べて描いた花や蔦の文様で埋め尽くされている。

極めつけは天井からぶら下がる、人骨の鳥だ。首と胴は人間の形そのままに、手足の骨が鳥を模した形に針金で固定されている。しかも一体じゃなくて、何体も。

壮麗な美しさを持つ星都サン＝エッラの地下に秘された、緻密な悍ましさが満ちる空間に、僕は思わず身震いした。

——絶対に、シモンをこの中に加えてはいけない。

すくみ上がりそうな心を叱咤し、ひたすらに歩き続けていると、不意にマラディさんが立ち止まって僕を手で制した。足元を、数匹のネズミが何かに追い立てられるように通り過ぎる。

直後、足音を地下墓地に反響させながら、複数の人影が暗がりから現れた。

「これはこれは。今日はよくお会いしますなマラディ殿」

臙脂の帽子に灰色のコート、色眼鏡を掛けて胡散臭い笑みを浮かべている、鎖を携えた男――シモンを捕まえた異端審問官が、仲間を連れて僕たちの前に立ちふさがる。

「また会ったね、審問官殿」

「申し遅れました。私、ドミニクと申します。お見知りおきを。そして――」

鎖の男――ドミニクは、マラディさん越しに僕へ声を掛ける。

「お会いできて光栄でございます、竪琴の聖者様。このような場所からお越しにならずとも、お迎えに参りましたものを」

僕は一瞬、何を言われているか分からなかった。

「彼が、何だって？」

「竪琴の聖者様ですよ、マラディ殿」

不快さを声に滲ませながら問い返したマラディさんに、ドミニクは朗々と続ける。

「教皇猊下の授かったご神託により、星都に聖者が現れることが示されておりました。しかし同時に、聖者を堕落させ、悪魔の贄として引き渡す者の存在も示されたのです」

「……それが、シモン君だったと」

「然り！」

ドミニクは大きく頷いて、両腕を広げて叫んだ。甲高い声が地下に反響し、耳障りな山彦が僕の鼓膜を不躾に叩く。

「ああ聖者様、もうご心配には及びません！　すでに悪魔の手先たる愚者シモンは捕らえ、悍ましき企みを明らかにすべく尋問にかけております！　ええそれはもう！　我らの手に掛かって泣き叫び何度も命乞いをする様は、まさしく邪教徒にお似合いの無様で滑稽な末路としか言いようがありませんでしたよ！」

——…………は？

今、この人、なんて言った？

「馬鹿な！　査問会も経ずに尋問にかけただと⁉」

「教皇猊下の命にございます。悪魔の企みを暴くために、あらゆる手段を用いねばならぬと」

何故だろう。二人のやり取りが、どこか遠くの、他人事のように聞こえる。

マラディさんの怒声をドミニクは慇懃な口調で流し、再び僕に話しかけた。

「ああ聖者様。悪魔に売り渡そうとした罪人の傍など、聖者たる貴方様に相応しくありません。星女神より遣わされし聖者には、その力を振るうに相応しい居場所がございます」

ドミニクは僕に手を差し出して、うっとりとした笑みを浮かべる。

「さあ、参りましょう。我ら七星教徒と共に、御身に宿る秘跡を以て、世に遍く星女神の正しき教えを知らしめるのです！　それこそが、聖者たる貴方様に課せられた天よりの使命なのですから！」

僕はドミニクの話に妙な既視感を覚えながら、差し出した手を見て尋ねた。

「僕が七星教に入信すれば、シモンは解放されるの？」

「駄目だ！　コイツの言葉を聞いちゃいけない！」

振り向かずに叫ぶマラディさん越しにドミニクを見れば、ドミニクは手を差し伸べたまま穏やかな笑みで僕に告げる。

「聖者様。己を悪魔に売らんとした罪人にも赦しを与えるその慈悲深い御心、このドミニク感服いたします」

しかしながら、とドミニクは続けた。

「教皇猊下の神託が、あの男は星都を滅ぼさんとする悪魔の企みに加担し、また教皇猊下に刃を向けることになる存在でもあると示しているのです。然らば、御身が聖者であろうとも、最早人の手で赦しを与えるなど出来はしません」

「なら、シモンをどうするつもり？」

僕がそう問えば、ドミニクは堂々と胸を張る。

「それは勿論！　火刑に処すが相応しいでしょう！　悪魔に加担した愚行の責めを、我らの手で醜き身体に、悪しき心に、穢れた魂に刻み込み！　最期は浄化の炎によって骨のひと欠片まで残さず焼き、その灰をこの地下にばら撒けば、如何な悪魔とてその亡骸を利用することは叶いますまい！」

いつの間にか異端審問官たちは、それぞれの武器を手に僕たちを取り囲むように立っていた。マラディさんもまた、彼らを見据えて背中の大剣に手を掛けている。

「さすれば！　聖者様の憂いは最早どこにもございません！　この先如何なる困難が待ち受けようとも、聖者様の御力があれば我ら七星教徒の栄光は約束されたも同然です！　さあ、どうぞ手を！　教皇猊下は、聖者様にお会いできることを心待ちにしておられますよ！」

ドミニクが笑いながら差し出す手を前に、僕はゆっくり手を伸ばし――。

竪琴の弦を一本、弾いた。

張り詰めた音が地下墳墓に響き、その場に居た全員が僕を見る。


「……うるさいよ、あなた」


今まで出したことのない低い声が、僕の口から出た。地下の空気が一層、冷たさを増す。

「聖者さ……」

ドミニクの言葉を遮って、もう一度、僕は竪琴の弦を弾く。

「僕は聖者なんかじゃない。僕が何者かは、僕が一番知っている」

そうだ。僕は知っている。僕に流れる紫の血が、聖者を名乗ることなど許さないと。

「シモンだって罪人じゃない。命を賭して悪魔に立ち向かい、僕を星都まで連れて来てくれた恩人だ」

戦う彼の背を思い返しながら、僕は徐々に竪琴を弾く速度を上げる。残響の上から次々に新たな音を重ね、奏でる旋律は地下墳墓に幾百年と燻り続けた死の気配を俄かに濃くしていく。

「あなた達は僕らに武器を向け取り囲むけれど、シモンは悪魔へ武器を向け僕を守るために戦ったよ」

ドミニクの物言いに既視感を覚えた理由が分かった。

キマイラだ。僕がシモンと初めて会った時に戦った悪魔。

僕を『贄の御子』と呼んで『箱舟』に捧げようとしたアイツと、僕を『聖者』と呼んで七星教に入信させようとするドミニクの姿が重なる。

「相応しい場所？　今日会ったばかりのあなたに僕の何が分かる。シモンともども星都で僕を追いまわし、武器を向け、鎖をかけて捕らえようとしておいて何を言う」

旋律が地下墳墓で幾重にも反響し、そこかしこに積み上げられた骨が小刻みに震え始めた。

「僕の居場所は、僕が決める」

不意に、地下墳墓を照らす蠟燭の火がかき消え、暗闇が死の宮殿を支配する。

突然の暗転に動揺する異端審問官たちを余所に、僕は竪琴を更に速く、鋭く奏でた。

今夜は新月。悪魔の力が最も高まる日。だから。

——お願い。力を貸して、父さん。

「僕が望むのは——」

竪琴を弾く手を高く振りかざす。一瞬の静寂。そして。

「——シモンの、隣だ!!」

かざした手を勢いよく振り下ろし、竪琴をかき鳴らした。


「♪ La——————————————————!!」

歌声と共に、僕の足元から吹きあがった炎が異端審問官たちを吹き飛ばし、轟音と共に地下墳墓が爆炎に包まれた。

「「♪おお　我らが王　弱き者の救い主よ　迷える我らを導き給え」」

旋律に合わせて虚ろな眼窩に炎を灯した髑髏たちが歯を打ち鳴らし、地下墳墓に死の斉唱が響き渡る。熱風が僕の髪を大きく煽り、帽子が宙を舞った。

「♪ああ　星女神よ　如何なる仕打ちか　我らは貴女に創られたよう　生きたに過ぎぬのに」

「「♪おお　我らが王　哀れなる咎人よ」」

火が亡者の形となって、至る所で異端審問官に飛び掛かって燃え移る。亡者の火は悲鳴を上げて床に転がる彼らの肌を容赦なく焼き、断末魔の叫びすら呑み込み燃え盛った。

「♪従うことしか許さぬならば　何故　我らに知恵を持たせたもうか　我らに意思を持たせたもうか」

「「♪おお　我らが王　誇り高き反抗者よ」」

亡者に全身を火達磨にされながらも僕に飛び掛かろうとした異端審問官は、マラディさんに蹴り飛ばされ柱に叩きつけられる。

「♪秩序の鎖に繋がれ　従うことだけを　信仰と呼ぶのか」

「「♪否　それは隷属なり」」

柱に叩きつけられた異端審問官の身体に、赤々と熱された鎖が巻きつき、締め上げた。炎を吹き上げて歌う骸骨に挟まれ、異端審問官は苦悶の絶叫と共に火に包まれる。

「♪力ある言葉の支配を　受け入れることだけを　信仰と呼ぶのか」

「「♪否　それは盲信なり」」

ある者は天井から伸びて来た炎を纏う骨の手に吊るされ、ある者は炎の翼で飛ぶ骨の鳥に襲われ、ある者は崩れ落ちた骨の壁の下敷きになったところを亡者に群がられ。

異端審問官たちは次々にその身を焼かれ、もはや抗い続けているのはただ一人。

僕はその一人に向かって、ゆっくりと足を踏み出した。

「♪かつて貴女は仰せになった　真の信仰とは　隷属ではなく　盲信でもなく　己の知恵と意思により　選びとるものだと」

鎖を振り回して火を払い、襲い来る亡者たちを打ち据える中で、足音に気づいて振り返ったドミニクが、僕の姿に眦を吊り上げた。

僕は真っ向から彼を見据えて、高らかに歌い上げる。

「♪我らの知恵より出でる如何なる言葉も　許されぬのであれば　我らの魂より出でる意思に従い　授かりし命の証をたてよう」

「「♪おお　我らが王　欺瞞を打ち破る戦士よ!!」」

「……貴ぃ様ぁああああ!!」

ドミニクは甲高い声で叫びながら、こちらに向けて鎖を飛ばす。伸びた鎖が僕を捕らえる前に、マラディさんが割り込ませた大剣に絡みついた。

【天上の門は悔い改める者に開かれる】。星銀の文字が、炎に照らされた処刑人の剣に煌めく。

「♪ああ　星女神よ　我らを罪と呼び　天より退けるならば　我らは閉ざされた門の先へ至る道が　隷属と盲信の先にないことを示そう」

「「♪讃えよ　讃えよ　真なる信仰を讃えよ!!」」

「ふざけるな！　何が真なる信仰だ！　亡者の戯言など、誰が認めっ……うわあああ!!」

顔を歪めて吼えるドミニクを、後ろから二羽の鳥がその両肩を摑んで天井へ羽ばたく。

「♪立て　太陽に背く者らよ　星女神の輝ける冠に　虚飾を見出した者よ」

「「♪讃えよ　讃えよ　我らが王を讃えよ!!」」

転げ落ちた臙脂の帽子が、瞬く間に火に呑まれて消えた。

「♪立て　月なき夜に住まう者らよ　星女神の白銀の眼差しに　傲慢を見出した者よ」

「「♪讃えよ　讃えよ　我らが王を讃えよ!!」」

足元に落ちてきた色眼鏡を、僕はそのまま踏み砕く。

「放せ、放せえ！　私は異端審問官だぞ！　正しき信仰は私が決める！　教皇猊下の名の下に、異端のことごとくを私が裁くのだ!!」

天井を支えていた骨がドミニクの両腕を広げて摑み、骨の鳥が炎の翼を広げ、赤く焼けた鎖をドミニクの胴体に交差させながら巻き付けた。

「♪暁を恐れるならば　彼の王が希望になろう　宵闇に惑うならば　彼の王が導となろう」

「「「♪暁を照らし　宵闇に輝く　我らが王の名を讃えよ!!」」」

熱した鎖に焼かれ、声にならない絶叫を上げるドミニクが囚われた柱に向けて、燃え盛る炎の亡者たちが地下墳墓の地面を奔る。

「あああああ！　嫌だ！　やめろ！　来るな！　死にたくない！　死にたくないいいいいいい!!」

辿り着いた炎は歓喜の叫びを上げて螺旋を描き、磔にされた亡者もろとも柱を焼き焦がしながら、ついにドミニクの身体を包み込んだ。

「♪光を疎む弱き者よ　光に疎まれし罪人よ　それでも尚　真の信仰の輝きを望むなら彼の王の名を呼ぶがいい」

「「「♪おお　我らが王　光を掲げる者よ　おお　我らが王　天上にて最も強く美しき星よ」」」

亡者の炎に呑まれたドミニクを見届けて、僕は曲の最後の一節を歌い上げた。

「♪彼の名は――明星」

「凄まじいね……これが君の本気か」

そう言って、マラディさんが僕の帽子を拾い上げて差し出す。

蠟燭の微かな灯りが照らす暗い地下墳墓には、気を失った異端審問官が至る所に転がり、ドミニクは柱に半身をもたせかけ、泡を吹いて失禁していた。勿論、彼らの身体には火傷どころか、傷一つついていない。

本気、と言われると何か違う。

かつて悪魔の島で歌われていた、父ルキフェルを讃える歌。激情のままに奏でた曲は、確かに今までのどの演奏よりも冴え渡っていた。

でも、シモンの隣で悪魔と戦った後の、何もかも全てを出し切り、それでいて全てが満ち足りたような、あの言葉にし得ない高揚からは程遠い。

「……急ごう、マラディさん」

僕は受け取った帽子を被り、彼らに背を向けてシモンが囚われる牢獄を目指した。

第四章　暁の鐘よ鳴り響け

「シモン。また食後のお祈りをせずに孤児院を抜け出しましたね」

旧大聖堂に併設された孤児院の院長室。執務机を始めとして質素な木の家具で統一された部屋の中で、オレ――シモンは、マザー・シルヴィアのお説教を食らっていた。

「ごめんなさい、マザー。だって、お祈りって退屈なんだもん」

大人用の椅子に座って足をプラプラと揺らしながらそう答えれば、向かいに座るマザーは大きな溜息を吐いた。

「嘘を吐くのはお止しなさい。あなたが貧民街の子どもにパンを持って行ってるのは知っていますよ」

「……！　だって、マザー！」

マザーの呆れたような物言いに、オレはカッとなって椅子から飛び降り、マザーの修道服の膝を掴んでまくし立てた。

「おかしいだろ！　オレたちは朝晩、その日に焼いたパンと野菜がいっぱいのスープが食べられるのに、あの子はカビた固いパンと、汁だけのスープを昼に一度しか食べられないんだぜ!?」

あの子を見かけたのは、おつかいのために街に出た時のこと。炊き出しのスープを零してしまって泣いていたあの子に声を掛けたのがきっかけだ。

地面にひっくり返したスープに、具が一つも入っていないと気づいて戸惑うオレを余所に、あの子は道の隅で黴が生えた固いパンにしゃぶりつき、唾液で柔らかくしてから一本しかない前歯でちまちまと削りながら食べていた。

迷って、悩んで、考えて。いけないことだと薄々思いつつも、オレは次の日朝食のパンを半分隠してお祈りを抜け出し、あの子へ持って行ったのだ。

あの子は持ってきたパンに無我夢中でかぶりつき、ボサボサの栗毛を揺らして満面の笑みを見せてくれた。

『美味しいね。こんなごちそう、生まれて初めて』と。

オレが毎日食べているものを、ごちそうだと言って喜んだのだ。

「オレもあの子も、親がいないのはおんなじなのに、なんで食べる物が違うのさ！　あの子だって、温かいパン食べていいじゃないかあ！」

修道服を握りしめ、地団太を踏みながら喚き散らすオレを、マザーは何も言わずにジッと見ていた。

やがてオレが言いたいことを言い切ったところで、マザーはオレの両手を修道服からそっと離して、そのまま優(やさ)しく握りしめた。

「いいですか、シモン。孤児院で美味しいものを食べさせるのは、あなたや他(ほか)の子を連れて来た人との約束だからです」

癇癪(かんしゃく)を咎(とが)める素振(そぶ)りも見せず、マザーはオレの目を真っすぐ見つめて、穏(おだ)やかに語る。

「ここに子どもを預ける人は、色々な事情があって自分では養えないけれど、ここでなら少なくとも食事に困らず、教養と信仰(しんこう)を身に付け、健(すこ)やかに過ごせるだろう――そう信じて連れて来ます。それは孤児院でずっと昔から、預かる子どもたちをそのように育てますと約束し、それを守り続けて来たからです」

繋(つな)いだ手の先から、マザーの掌(てのひら)の温かさが、ゆっくりとオレの手に染(し)み込んでくる。

「私は孤児院の院長として、まずはあなた達を心身共に健やかに育てると言う約束を果たさねばなりません。貧民街の子は、私も可哀(かわい)そうだと思います。ですがあなた達を育てている以上、伸(の)ばせる手には限りがあり、出来ることと言えば、日に一度の炊き出しが精いっぱいなのです」

オレはマザーの手を握り返して、でも、と震(ふる)える声で言う。

「でも、オレ、明日(あした)もパンを持ってくって言ったんだ……約束、したんだ……」

「明日は、私が持っていきますよ」

柔らかだがハッキリとしたマザーの物言いに、あの子とはもう会ってはいけないのだと分かった。胸の奥がグッと苦しくなって、気づけば大粒の涙がオレの頰を流れていた。

鼻をすすってしゃくり上げるオレを、マザーは椅子から降りて、固い木の床に両膝をついて抱きしめる。

「シモン。人の苦しみに寄り添える優しい子。あなたを育てた者として、とても誇らしく思います」

オレの背中を優しく撫でて、マザーは言った。

「その子が望むなら、孤児院に連れてきましょう。そうすれば、一緒に朝晩パンとスープを食べられますよ」

「本当？」

「ええ、約束です」

オレはマザーの肩に顔を埋め、鼻をすすりながら何度も何度も繰り返した。

「約束だよ、約束だよ。絶対、絶対、守ってね——」

✡

——……昔の夢かよ、縁起でもねえな。

窓一つない冷たい石造りの牢獄で、オレ——シモンは、朦朧とした意識のまま横たわっていた。

両手は背中の後ろに鉄枷で固定され、両足の枷は長い鎖で壁に繋がっている。幅と奥行きが大人一人分しかない、文字通り真っ暗な牢獄の中は、家畜小屋より酷い臭いが充満していた。

全身につけられた傷が熱い。それなのに身体の震えが止まらない。散々痛めつけられた後、腰巻一枚で冷えきった牢獄に横たえられたのだ。

「ゲホッ、ぐぅ、あぁア……っ！」

咳込めば、身体中が耐えがたい痛みに苛まれ、堪らず呻き声を上げれば更なる痛みが襲い掛かる。

異端審問官どもは、こうなると分かってやっているのだ。何人も何人も、無実かもしれなかった人間にも。悪魔に与したと認めさせるためだけに。

――ああ、オレ……死ぬのか？　こんな所で、死んじまうのか？

「――い、ギィッ!?」

突然、足先に激痛が走り身悶える。何事かと視線を向ければ、足の傷に黒いムカデが噛みついていた。

それだけではない。

天井、壁、床。どこから湧いて来たのかと思うほどの虫がいつの間にか隙間なく蠢き、オレに音もなくにじり寄ってくる。

「ヒッ――！」

そしてすぐ目の前。沢山の足が生えた黒い虫が、オレの首に向かってきた。

――嫌だ、嫌だ！　オレはまだ死んでねえ！　来るな、来るなよう！

振り払うのはおろか、悲鳴の一つも上げられず、ただか細く息をすることしか出来ないオレの身体に、虫たちは容赦なく汚い足を掛けて上ってくる。

「ああ、あああ、うあああ、ああ……」

牢の虫たちは減るどころか、壁も床も天井も見る間に埋め尽くし、ガサガサと無数の小さな足音を石壁に反響させ、オレに迫ってくる。腰巻を情けなく濡らしながら、意味のない呻き声を上げて震えるオレの耳に、首筋を上って来た虫の足が擦れた。

――嫌だ、いやだよ、だってまだ、約束、守れてないんだ……。

『美味しいね――』

そう言った、あの子の笑顔が頭をよぎる。

あの子。栗毛にすきっ歯の、笑顔が可愛いあの子は、孤児院に来ることはなかった。それから外に出る度に捜したが、どこにも姿を見つけられず。マザーは、声を掛けたら逃げてしまったと言っていた。

きっとパン貰ってたのがバレて、怒られると思ったんだよな。ごめんな、ごめんな。パンを持っていく約束、守れなくて。

オレが君を孤児院に連れてくれば良かったんだよな。自分の足で君の所へ行って、自分の言葉で誘って、自分の手で君の手を取って。

ごめんな、ごめんな。オレはただ、君と一緒にパンを食べたかっただけなんだ。

『美味しいね、シモン』

あの子の笑顔が、別の笑顔と重なる。

星都まで共に旅をして、何度となく同じ飯を食べた、アイツの屈託ない笑顔。

「あ、うぁあ……」

——そうだよなあ……好きな奴と一緒に食べる飯は、飛びきり美味いんだよなあ……。

牢の中が、蠢く虫とその足音で埋め尽くされる。オレの身体にも、無数の虫が這いまわる。虫の足が涙を跨ぎ、オレの頬を這って唇の端に触れた。

——ごめんな、約束、守れなくて、ごめん……な……。

ガシャン、と扉の向こうで錠の外れる音が聞こえた。

驚くオレを余所に、鉄の扉がゆっくりと開かれる。

牢を埋め尽くすほどに蠢いていた虫たちは、いつの間にか影も形もない。シンとした牢の中で、口元の虫はピタリと動きを止め、蝶番を軋ませて開く扉に向かって触角を揺らす。

開かれた扉から漏れる光を背に現れたのは、ひどく美しい男だった。

乱れてなお艶やかな亜麻色の毛、長いまつ毛に縁どられる潤んだ緑青の瞳。上気した頬に、薄桃の唇から漏れる荒い息。

どれだけ、急いで来てくれたのだろう。嗚呼、こんな男、世の中に二人と居る筈がない。


「――シモン!!」


男――オルフェは牢に転がるオレを見つけると、くしゃりと顔を歪ませ、こちらへと駆け寄った。オレの血で汚れた床に躊躇うことなく膝をつき、顔や身体を這う虫たちを、傷に触れぬよう帽子のつばで器用に弾き飛ばしていく。

「シモン、シモン！　死なないで、今、今治すから！」

オルフェは母親の櫃像を両手で握りしめ、胸の前に掲げる。櫃像から溢れた柔らかな光が、オレの身体からあらゆる痛みと苦しみを取り除いていく。

「バカ……なんで、来た」

「言っただろ。僕だって、君の助けになるって」

震える声でそう問えば、オルフェは血溜まりからオレを抱き起こし、泣きそうな笑顔で答えた。

「僕は、約束を守りに来たんだ」

その言葉に、身体の奥底から込み上げてきたものを堪えきれず、オレはオルフェの肩に顔を埋める。オルフェは、しゃくり上げるオレの頭と背に優しく手を添えた。

「帰ろう。マザーが、温かいスープをたっぷり作って待ってるよ」

「ああ、一緒に食べよう……焼きたてのパンも付けてさ」

添えられた手から伝わるオルフェのぬくもりを噛みしめていると、カシャン、と先程より軽い音を立て、手足の枷が外される。

「再会を喜ぶところ悪いけど、二人とも急いだ方が良い」

振り向けば、鍵束を持ったマラディから、清潔なタオルが投げられた。

「拭いておけ。見張りは全員落としたけど、もうすぐ交代の時間だ。君の装備と服を取り戻したら、そのまま離脱するぞ」

小声で必要なことだけを即座に伝えて来たマラディに、オレも頭を切り替え、汚れた腰巻を脱ぎ捨ててタオルで素早く身体を拭う。

――本当に、いい仕事するぜ。先輩。

「了解。とっとと帰って、風呂と飯だ」

地下牢の見張りや宿直の騎士(きし)を不意打ちで気絶させ、オレの服と星銀(せいぎん)の短剣(たんけん)二振りを始めとした装備一式を取り返した後、三人で地上に向けて急ぐ。

行きに二人が通った所は使えないのかと尋(たず)ねれば、「オルフェ君が派手にやってね」と返され、思わずオルフェを二度見したし、当のオルフェは気まずそうにそっと目を逸(そ)らすだけだった——何やったの、マジで。

「あの扉を抜(ぬ)ければ外だ。暗闇(くらやみ)に乗じて逃げるよ」

そう言って扉を開けた瞬間(しゅんかん)。マラディは背負った大剣に手をかけ、オレたちを制して立ち止まった。

マラディ越(ご)しに見えた光景に、オレは思わず眉(まゆ)を顰(ひそ)める。

「逃がしませんよ、祓魔師(エクソシスト)シモン」

薄曇(うすぐも)りの星空の下、遠くに見える大聖堂を背に立ちふさがっていたのは、完全武装の聖騎士たちを率いた教皇カサンドラだった。

「これは教皇猊下(げいか)。尊い御身(おんみ)で夜歩きとは感心致(いた)しませんな」

オレはマラディに代わって前に出て、教皇に軽口を叩(たた)く。一方的に罪人扱(あつか)いされた以上、これまで通りに敬う気は更々ない。

「些末なことです。貴方が聖者を唆し、逃亡を図っているなどと知っては」

聖者という単語に、オルフェが視界の隅で険しい顔を見せた。

「それもまた、神託ですかな？」

「ええ。それに、星都に災いが起こる予知もまだ消えていません。ここで貴方を逃がしては、また十八年前の繰り返しになる」

――あー……なるほど。そういうことか。

オレは教皇との会話に覚えた違和感の正体に、ようやく思い至った。

教皇は先端に月を象った銀の杖で地面を突いて、高々と宣言する。

「祓魔師『百器』のシモン、及び粛清騎士マラディ！　竪琴の聖者を私欲のために惑わし利用することは、七星教ひいてはソフィア教国への明確な反逆です。教皇として命じます！　聖者を引き渡して投降しなさい！」

教皇の声に応じて、聖騎士たちが一斉に盾を構えて槍を向けた。オレは歯を剥いてニタリと笑いこう言った。

「――そうかそうか、そうですかぁ！　神託は『秘跡』ではないのですね猊下ぁ!!」

その言葉に。

オルフェは首を傾(かし)げ、マラディは驚愕(きょうがく)の顔をオレに向け、聖騎士たちが一糸乱れず水平に突き付けた槍の穂先(ほさき)がまばらに揺れる。

そして教皇は。

「何を……言っているのですか？」

まるで言葉の意味を分かっていないような態度を見せた。

聖職に就(つ)く者であれば絶対に理解しておかねばならない言葉の意味を、だ。

「惚(とぼ)けられますか？　あるいは……本当に分かりませんか？　いずれにせよ、今オレが言った言葉の意味が分からないと公言なさるなら、猊下には聖職者たる資格はありません」

「っ！　言葉を慎(つつし)みなさい祓魔師(エクソシスト)シモン！　これ以上妄言(もうげん)を重ねるならば、破門も辞しませんよ⁉」

「オレを破門にしたいなら、信仰(しんこう)の体現者たる証(あかし)をお立てください。神託(しんたく)は教会で授(さず)かった『秘跡』ではないのですね？」

「お黙(だま)りなさい‼」

ここへ来て初めて、教皇カサンドラはあからさまな動揺(どうよう)を見せた。

「神託は神より授かりし言葉！　それ以外の何物でもありません！　私は教皇！　信仰の体現者としてその言葉に従うのは当然でしょう！　神の言葉を疑うのですか⁉」

目を血走らせて叫ぶ教皇を見て、オレは少し語調を和らげる。感情に任せて、オレたちをこの場で殺せと命じられても困るしな。

「カサンドラ猊下。あなたが大きな苦難を乗り越え教皇の座に就いたことは、星都サン＝エッラの民を始め、ソフィア教国に住まう誰もが知るところです」

ソフィア教国の歴史は、各地の教会で全ての子どもたちに教えられる。当然、今の教皇についても。

「十八年前。あなたは星都の襲撃を予知するも、当時の大司教に退けられた。しかし襲撃後、予知されていたことが明らかになってから、あなたは『神託の聖女』と呼ばれ、星都を真に守護する力を持つ者として教皇の座に就いた」

オレは一度息を吐いてから、声の調子を少し落として言った。

「このように習ったものですから、オレはてっきり、『予知』と『神託』は同じものだと思っていたんです」

聖女および聖者は、授かった秘跡の力に由来する名を冠して呼び習わす。

しかし、過去に同じまたは類似した秘跡を授かった聖女・聖者が居た場合、呼び名が重複しないよう別の名称に言い換えるのもまた通例だ。

数百年ぶりに【治癒】の秘跡を授かったオルフェの母アミカが『治癒の聖女』ではなく『癒しの聖女』と呼ばれたように。

だから『予知』が『神託』に言い換えられても、特に不自然な点はなかった――オレとやりとりするまでは。

「しかし謁見の間でも、ここでも。あなたは『予知』と『神託』を明確に別のものとして扱った。予知は秘跡、では神託は？」

「さっきから何なのですか!? 神託は神託です！ 星女神より私に授けられた言葉です！ 信仰の体現者たる私に――」

教皇が言い終わる前に、オレはきっぱりと断言した。

「星女神が人に授けることを許したと聖典に明示されているのは、秘跡のみです」

七星教の開祖が初めて秘跡を授かった時の話が、聖典に記されている。

『地上に堕とした悪魔から命ある者を守るため、星女神は信仰を誓った者に秘跡を授けるとお決めになった』と。

「裏を返せば、秘跡以外の力を星女神は人に授けません。それゆえに秘跡でないのならば、それは星女神から授かったものではな――」

「嘘よ!!」

オレの言葉を遮って、教皇は悲痛な声で叫ぶ。

「神託は、私に信仰の体現者たれと！　この国で最も名誉ある座に就くよう命じたのですよ！　それを望むのは星女神だけでしょう!?」

「教皇を筆頭とした七星教の定める序列は、七星教という組織を成り立たせるために人間が定めたものです。あなたを教皇にするために星女神が手を貸すことなどあり得ませんよ。星女神を始めとした神々が、人の世の身分や立場に干渉することはありませんから」

「ならば何故!!」

激昂した教皇に、オレは端的に告げた。

「為政者は、孤立させやすいからです」

国や時代を問わず、国の頂点である為政者は、対等に話せる立場の人間を持てない。

特に信仰の体現者たる教皇は、誰よりも己を律し、聖職者として清廉潔白であり続けなければならないため、尚のこと己の本心をさらけ出せる相手を持てないだろう。

「孤立？　私のどこが孤立していると言うのですか？」

教皇は両手を広げて、自身の前に並び立つ聖騎士たちを示す。

「確かに彼らは、教皇猊下の御身を守るために命を懸けて戦う騎士たちです。しかしながら、カサンドラという一人の女性の孤独と――不信を分かち合う相手たり得ません」

不信。

その言葉を聞いた瞬間、教皇は閉ざした瞼を開き、凄まじい形相でオレを睨みつけた。

それを真っ向から受け止め、オレは続ける。

「歴代の教皇において大司教を兼任しているのは、カサンドラ猊下のみであられます。前任の大司教が解任されて以降、十八年間ずっとです」

「当然でしょう。当時の大司教は、『癒しの聖女』に金持ちから順番に治癒をさせるような俗物だったのですよ？」

「そうした面もあったでしょう。ですがそれは解任の理由になっても、兼任の理由にはなりません」

国をまとめる教皇と、七星教の聖職者全てを取りまとめる大司教の兼任は、多忙を極めるに違いない。それでも頑なに、十八年間大司教を兼任し続けたのは何故か。

「大司教の役職を置かないのは、十八年前、自分の予知が信用されなかったからですね」

「だったら……だったら、何なのよ!!　貴方に、私の何が分かるって言うの!!」

全身を震わせながら、かつての怒りをこの場で叩きつけるように叫ぶ教皇カサンドラ。

それに同意できる人間は、誰もいない。

悲しみや苦しみを誰とも分かち合えない時、人は簡単に孤立するのだ。

「猊下の御心を語ることはオレにはできません。ですが、それでも一つだけ分かっていることがあります」

この場の全ての視線を集めながら、オレはこう言った。

「──孤立した人間に神を騙って近づくのは、悪魔の最も得意とする手法です」

悪魔たちは古より手を替え品を替え、人間たちを惑わせ破滅へ導く。

彼らが特に目を付けるのは、心に不満や不安、恐怖を抱えた人間──それらを他人に打ち明けられる環境にない、孤立した人間だ。

肉体的・精神的に追い詰められ、何もかもを信じられなくなった人間は悪魔の誘惑を受けやすい。

生きる事に伴うあらゆる苦難と困難に耐え切れず、何でもいいから自分に優しく都合よく接してくれる存在に縋りたくなる心理に、悪魔は巧妙につけ込んで来る。

「カサンドラ猊下。神託が秘跡でないのかと、しつこく尋ねた理由をお答えしましょう」

そう、例えば──。

十八年前に己の予知を退けられ、誰も信じられなくなった目の見えない少女に、優しい声で近づき孤独を慰める。

それから『神託』を授け、教皇という最も権威ある、しかし最も孤立する立場に誘導。

教皇となった少女を『神託』を通して意のままに操り、ソフィア教国ひいては七星教を、内部から徐々に支配していく──とかな。

「それは、星女神（エッラ）を騙って秘跡ならざる技（わざ）を授け、人間を思うままに操り害さんとする存在がいるからに他（ほか）なりません」

　だからこそ聖職者は、秘跡ではない力に強い警戒（けいかい）を示さねばならないのだ。

「『神託』の正体は、予知を信用されなかった過去と地位の高さゆえに、他人と打ち解けられないカサンドラ猊下に星女神（エッラ）を騙って近づいた——悪魔の言葉です」

　耳が痛くなりそうな沈黙（ちんもく）の中で、最初に聞こえたのは、鎧（よろい）が擦（こす）れる音だった。聖騎士（きし）たちが次々と上げていた槍（やり）を下ろし、教皇カサンドラから離（はな）れていく。

「あ、貴方（あなた）達……何を、何をしているのです!?」

「……申し訳ございません、教皇猊下。御身（おんみ）を守る務めは重々承知しております。しかし我々は、七星教の教義に従い、その妨（さまた）げとなる者と戦う騎士なのです。秘跡（ひせき）に依（よ）らぬ神託に従って彼らに刃（やいば）を向けることは、教義にもとります」

「そんな、そんな……！」

　聖騎士たちは狼狽（ろうばい）する教皇から距離（きょり）を取り、槍こそ向けないものの、盾（たて）を構えたまま彼女を左右から取り囲むように移動した。

「あ、ああ……いや、いやよ。お願い、信じて。私を信じて……」

焦燥と恐怖に顔を歪めて、教皇は光を映さぬ瞳で聖騎士たちを見回す。

「信じて、信じて――……っ信じなさいよお!!」

とうとう自棄になったのだろう。教皇は銀の杖を投げ捨て、オレに向かって真っすぐ突っ込んで来たが、包囲していた聖騎士たちに阻まれ、腕を両側から押さえられて拘束される。

「何が悪魔の言葉よ！　アンタだってどうせ都合が悪くなったら私をおだてて、さも最初から私の味方だったみたいに振る舞うんでしょ!?　アイツらみたいに掌返して、ヘラヘラ笑って囃し立てて!!」

教皇は拘束されてなお、長い白金の髪を振り乱して暴れる。太陽を模した冠が、大きな音を立てて地面に落ちた。

「良いわよねアンタたちは！　見たい時に見たいものだけ選んで見れて！　目が見えないだけで邪魔者扱いしながら、予知が当たれば担ぎ上げて！　その予知だって都合が悪いと嘘って決めつけてなかったことにして!!　私はお荷物なんかじゃない!!　嘘つきなんかじゃない!!　私は、私は――!?」

暴れ続けていた教皇が、不意にピタリと動きを止める。

直後、オレの首裏に慣れ親しんだ痛みが走った。

「ハ、アハ……アハハハハハハハハ！　ア――ッハハハハハ!!」

カサンドラの顔から表情が消えたかと思えば、ガクリ、といきなり膝から崩れ落ち、そのまま天を仰いでけたたましい哄笑を上げ始める。

「オルフェ、来るぞ。お前狙いだ」

「わかった」

オルフェは頷くと、騎士たちの注目がカサンドラに集まっている内に、既に抜剣しているマラディの陰で竪琴と母親の櫃像を取り出す。

「【来たれ我が手に】【聖琴エウリュディケ】」

古代語の詠唱によって、魔法陣から両手を組んで祈る乙女が彫られた黄金の竪琴がオルフェの手に現れると同時に、カサンドラは天に向かって叫んだ。

「ああ、星女神！　お委ねします、私の全てをお委ねします！　どうか御身の威光にて、愚か者どもに鉄槌を――!!」

見上げればいつの間にか星空を黒雲が覆い、雷鳴を低く唸らせている。

「全員、離れろぉ！」

首の痛みと直感に従い叫んだ瞬間、紫色の一条の雷がカサンドラを真っすぐに貫いた。

轟音と共にカサンドラを囲み取り押さえていた騎士たちを紫の雷が吹き飛ばし、間一髪でオルフェの竪琴の旋律がオレとマラディを守る。

「【星女神よ！　我が身と武器に退魔の加護を授け給え！】」

オレは【身体強化】を発動し、【武器強化】をかけた三本の釘を跪いたカサンドラへ全力で投擲した。狙いは両脚と右腕。一般人はおろか、目の見えないカサンドラには避けられないはず——だが。

「【来たれ我が手に】【魔杖テュルソス】」

カサンドラの頭上。紫に輝く魔法陣から現れたのは、先端に松かさを模した飾りがついた、真紅の葡萄の蔦が絡みつく杖。

カサンドラは杖を即座に手に取り両手で持つと、凄まじい速度で飛来した釘を、跪いたまま鮮やかな杖捌きで地面に叩き落とした。

【武器強化】で強度を上げ、更に【身体強化】して全力で投げた釘を、だ。

地面を空しく跳ねる折れ曲がった釘を前に、ゆっくりと立ち上がったカサンドラは——。

「——酷いじゃないか。目の見えない子にこんなもの投げてさーあ」

まるで別人のような口調でオレに嘲笑を投げかけた。固く閉ざされていた瞼を開いて現れた瞳の色は薄青ではなく、禍々しいまでの真紅——悪魔に憑依された者の色。

「あーあ。まさか看破されちゃうとはなあー。もう少しで『贄の御子』を手に入れられたんだけどねー」

弾けるような音と共に細い紫の雷が落ちる中、カサンドラの白金の髪の隙間から真っ赤な蔦が何本も現れ、腰まで伸びた髪に絡みついて編み上げていく。肌は紫色に染まり、額

からは漆黒の角が伸び始めた。

「あの角……まさか」

額から生えた黒い角が、耳の後ろを通って前方へと伸びていくのを見たマラディの目が、驚愕に見開かれる。

「しょうがないかあ、ちょっと早いけど――【来たれ我が手に】【魔角コルヌコピア】」

詠唱と共に魔法陣から出て来たのは、これも真っ赤な葡萄の蔦が絡みついた、黒紫の大ぶりな角笛。

「駄目だ!!　吹かせるな!!」

血相を変えて飛び出したマラディだったが、悪魔との間に落ちて来た落雷に阻まれたたらを踏む。

眼を細めて嗤う悪魔は、見せつけるように吹き口をゆっくりと唇に近づけて、

「収穫の時間だ」

角笛を、高らかに吹き鳴らした。

その大きさに比べて思いの外高く澄んだ音色に、オルフェは愕然とした顔で戦慄く。

「この音、島の――……!!」

　そして音色に呼応するかの如く、目の前で地面に蜘蛛の巣状の罅が入り、足元から襲い掛かった衝撃波にオレたちは容赦なく吹き飛ばされた。

☆

「う、ぉぉおおお!!」

　額から血を流したマラディが、気合と共に大剣の腹で瓦礫を押し上げた隙に、オレとオルフェは瓦礫の下から腹ばいになって脱出する。

「助かったぜ、先輩」

　吹き飛ぶ直前。マラディが咄嗟に精霊術の風でオレたちを守り、大剣を盾代わりにして覆いかぶさってくれたおかげで、オレとオルフェはほぼ無傷。オレが女だったらうっかり惚れたかもしれないと思うくらいの仕事ぶりだった。

「マラディさん！」

「平気さ。人よりずっと頑丈だからね」

　オルフェが聖琴を奏でてマラディを癒す間に、オレは周りを確認する。

「マジかよ……」

　一言で言えば、惨状だった。

　オレたちが瓦礫に埋まっていたほんの短い間で、至る所に積みあがった瓦礫の山。あちこちから上がる火の手。逃げ惑う人々の怒号。空へ昇る白煙の向こうには、紫電を纏う分厚い雷雲。

　そして、十八年前に星都サン＝エッラ復興の象徴として建てられた壮麗な大聖堂の真上には、歪にうねる長い影が羽ばたいていた。

　灰色がかった薄黄色の長い胴に、蝙蝠に似た翼と二本の脚を生やした巨大な蛇。蛇はこちらを睨みながら、後ろに垂らした長い尾をゆっくり持ち上げる。

　その先にはもう一つ、同じ頭が生えていた。

「「ギシャァァアアア‼」」

　聖典に曰く『二つの道を塞ぐ者』。かつて討たれた邪神の首より滴った血が、砂漠の精霊と交わり生まれた毒竜――双頭竜アンフィスバエナが、咆哮と共に二つの頭から紫色の毒煙を大量に吐きだした。

「《風の精霊！　毒から守って！》」

　マラディが精霊術を使い、こちらへ向かってきた毒煙を風で打ち消す。撒き散らされた毒煙は辺り一帯を紫に染め上げ、視界が一気に悪くなった。毒煙の奥からは苦しげな呻き声と、人が倒れる音が聞こえる。

「いやおかしいだろ煙の量がよ！」

毒煙は遠くに見える大聖堂の遥か上からここまで、濃度を一切薄めることなく届いた。あの距離で、毒煙が全く薄まらないなんてあり得るか？

その答えを見つけたのは、オルフェだった。

「シモン！　あそこ！」

オルフェが指差した先。アンフィスバエナのすぐ隣に浮かび、黒雲を背に白い法衣を翻す教皇カサンドラ――の、身体に憑依した悪魔。

悪魔の島でオルフェに大量の悪魔をけしかけ、十八年前の星都襲撃を主導した、悪魔を呼ぶ角笛の持ち主。

聖典に曰く『耽溺せし豊星の化身』。天の国のすべての果実酒を造る豊星の写し身でありながら、明星の化身ルキフェルと共に星女神に反逆した、魔王に次ぐ最上位の悪魔――ディオニスが高く掲げた左手からは、毒々しい赤紫の水が溢れ、アンフィスバエナの頭上に降り注いでいた。

「まさかあれ……オルフェ君の聖琴と、同じ役割なのか？」

マラディの推測は、おそらく外れてないだろう。オルフェの聖琴エウリュディケが、聖なる力を増幅するように。ディオニスの手から溢れる水が、アンフィスバエナの能力を増幅させているのだ。

このままディオニスを放置すれば、アンフィスバエナは強化され続け、射程と濃度を上げた毒煙が星都の住民を死に至らしめてしまう。

——なら、引き離(はな)すしかない。

「先輩。精霊術で空を飛べるようにできるか」

「出来るが……まさか、やる気かい？」

「少なくとも、ディオニスは引き離さなきゃ話にならねえだろ」

オレは辺りを見回し、瓦礫の隙間に見つけた良い物を引っ張り出して、マントの下に隠(かく)し持った。

「オルフェ。毒に倒れた人たち、間に合うだけでいいから治してくれ。先輩。毒煙の対処と住民の避難(ひなん)、頼(たの)むわ」

「シモン君。憑依で能力が限られているとは言え、相手は最高位の悪魔だよ」

「生憎(あいにく)と、それを相手するのがオレの仕事なんだよなあ」

マラディの遠回りな制止に、オレは肩(かた)をすくめて手の甲(こう)の七芒星(しちぼうせい)を見せる。

「シモン……」

何かを言いたげにオレを見つめて唇を震(ふる)わせるオルフェを、オレはそっと抱(だ)きしめた。

「さっきの今で、信用ならねえかもしれないけどさ。約束するぜ——絶対戻(もど)る、独りにしねえ」

「……うん、信じる。約束だよ。一緒(いっしょ)に帰って、皆(みんな)で美味(おい)しいご飯を食べようね」

オレたちは身体を離し、一瞬だけ視線を交わす。それを見届けたマラディは、オレの周りに居る精霊に語り掛けた。

「《お願い。彼の翼になって、あの悪魔を倒す手助けをして。そしてどうか、力の限り彼を守ってほしい》」

マラディが言い終えると、オレの身体を風が包み込み、爪先がフワリと地面から浮き上がる。

そのまま空中で地上と遜色なく動けることを確かめると、二人に手を上げオレは言った。

「んじゃ、ひと仕事してくるわ」

オレは踵を返して二人に背を向け、空を舞うディオニスに向けて飛び立った。

燃える星都から上る煙の隙間を縫って、オレは上へ上へと飛んでいく。毒が混じって薄紫になった煙の向こうで、ディオニスが先にこちらに気づいた。

その手にあるのは、角笛と同じ黒紫に赤い蔦が絡む、銀の装飾が施された杯。無造作に傾けられた杯から溢れ出ているのは、芳醇な香りの果実酒だ。かつて天の国随一の酒の造り手が生み出した酒が、アンフィスバエナの頭から首筋に惜しみなく注がれている。

ディオニスに近づくオレに遅れて気づいたアンフィスバエナが、尾の頭をオレに向けて濃紫の毒煙を吐き出した。

オレは大きく旋回して毒煙を避けながら、ディオニスとの距離を縮めていく。それを見たディオニスは、妖艶な笑みを浮かべて杖を構えた。

途端、首筋に走る激痛。オレは咄嗟に急上昇し、ディオニスの真上でマントの下に隠し持ったものを取り出す。

「【星女神よ！　我が鎖に悪魔を捕らえる力を！】」

瓦礫の下から見つけた鎖は、驚愕の顔でオレを見上げるディオニスを拘束。オレは即座に加速し、鎖に繋がれたディオニスを引っ張ってアンフィスバエナから引き離した。

背中越しに横目で見れば、双頭の竜は一旦こちらに頭を向けたが、突然動きを止めたかと思うとそのまま横を向いて星都へと急降下していく。

思わず舌打ちすると、鎖の先から笑い声が聞こえた。

「僕を追わせて星都から遠ざけるつもりだった？　残念♡」

鎖に引っ張られながら嗤うディオニスの杯から果実酒が溢れ、カサンドラの白い法衣を鮮やかに染める。

「そぉーれ！」

全く真剣さの感じられない掛け声と共に、ディオニスに絡んだ鎖が引きちぎられた。オレは加速の勢いでそのまま距離をとりながら振り返る。

ディオニスは逃げるそぶりも見せずに、悠々と杯に口をつけていた。

「君もどうだい？　そのままじゃ僕に勝てないだろう？」

果実酒に濡れた唇を舐めて、杯をオレに差し出すディオニス。マラディの推測通り、あれが悪魔の力を増幅させる酒ならば、強化された鎖を引きちぎったのも納得だ。

「遠慮しとくぜ。悪酔いしそうだ」

「つれないなあー」

杯から手を離して宙に浮かせ、ディオニスは不敵な笑みを浮かべる。

「君には感謝してるんだよ？　この子の身体を乗っ取れるくらい追い詰めてくれたんだから、さ！」

ディオニスは果実酒で赤紫に染まった絹の法衣を、下着ごと真っ二つに引き裂いた。紫の肌に赤い蔦を絡ませ、局部を葉で隠しただけの豊満な裸体が雷雲の下に露わになる。

「あー窮屈だったあ♡　人間って、なーんで偉くなるほど重くて動きにくい服ばかり着るんだろうね？」

「知るかよ。他人様の身体で好き勝手するんじゃねえ」

「へえ意外。ざまあみろ、って思わないの？」

「生憎と、傷心の女に追い打ちかける趣味はないんでね」

教皇でありながら悪魔の言葉を信じていたと、聖騎士（きし）たちの前で暴露（ばくろ）したのはオレだ。

それによって彼女が精神の均衡（きんこう）を崩（くず）し、悪魔に乗っ取られると予測した上で、あの場面を切り抜（ぬ）けるためにオレはそうした。

その結果が、カサンドラが何としても避けたかった星都の今の惨状（さんじょう）だ。オレはもう、十分過ぎるほど彼女を傷つけている。

誘惑（ゆうわく）を冷ややかに切って捨てたオレに、ディオニスは笑みを浮かべたまま片足を持ち上げて大きく広げた。

「おいおい、君をモグラの巣に押し込んだ女だぜ？　恥（はじ）の一つや二つ、かかせてやればいいじゃないか♡」

「罰（ばつ）はもう、十分受けてるよ。なら聖職者として、償（つぐな）う機会を作るだけだ」

カサンドラはただ、星都を守りたかっただけだ。十八年前も、今回も。

災厄（さいやく）の予知を覆（くつがえ）すために奔走（ほんそう）したその彼女が、悪魔に身体を奪（うば）われ、自らの意思に反して星都の災厄の原因となってしまった。

それが無知ゆえに悪魔の言葉に踊（おど）らされた罰ならば、これ以上は必要ない。

だからオレはディオニスを一刻も早くカサンドラから祓（はら）い、アンフィスバエナも倒（たお）して、星都に今いる人たちを一人でも多く守る。

祓魔師（エクソシスト）として、何よりカサンドラを追い詰めた人間として。彼女の罪を、これ以上重くしないために。

オレはマントの下で静かに、連射機能付きボウガンに矢の入ったマガジンを装填した。

「聖職者？　よく言うよ！　散々な目に遭わされておいて！　あれを認める七星教は、あれを罰さぬ星女神は！　本当に君が命がけで仕えるに値するのかい？」

「だから星女神を討って新しい神になるってか？　ハッ！　そっちこそ、神託でオレを殺そうとしておいてよく言うぜ。露出狂の酔っ払い崇めるなんざ願い下げだ！」

ボウガンをマントの下から出し、ディオニスへと引き金を引いた。鎖を巻くときに感じた首裏の痛みから、近づくのは危険だと判断し、ディオニスの周りを旋回しながらひたすらボウガンを連射していく。

「言ったろ？　そのままじゃ勝てないって、さ！」

ディオニスは唇を吊り上げ、魔杖テュルソスを手に突っ込んで来た。空中での高速移動と、地上で見せた時よりも速く、鋭い杖捌き。あの酒で強化されているからだ、と気づくと同時に矢が尽きた。それを見て一息に距離を詰めたディオニスが嘲笑と共に杖を掲げ、首裏に痺れるほどの痛みが走る。

「【溺れよ】」

ただ一言で、身体中が凄まじい恐怖に満たされた。

肌が粟立ち、震えが止まらない。心臓が引き攣るほどに身体が強張り、堪らずボウガンを手放し両手で胸を押さえる。

上手く息が出来ずに明滅する視界の端で、ズボンにへばりつく黒い何かが見えた。

「あっ、ああああ！」

虫だ。地下牢の虫。オレを食いに来た虫。片手を胸から離してはたき落としても、一匹、また一匹と脚を這いあがってくる。

気づけば全身が虫に覆いつくされ、マントを伝って首筋や耳の裏に虫が足を掛けた。

「ヒッ、いやだ、やめろ、やめろぉおお!!」

全身を叩いて捩りながら絶叫した瞬間、突然オレの身体が勝手に急降下し、さっきまで頭があった所に、ディオニスの杖の先端が振り抜かれる。

見る見るうちにディオニスとの距離が遠ざかる中で、いきなり顔面に冷たい液体がぶちまけられた。

「うお冷てっ!?　って……おお？」

気づけばオレの身体を登っていた虫たちは消え失せ、視界も元に戻っていた。動悸こそまだ激しいものの、息が普通に出来るし、何よりあの凄まじい恐怖がきれいさっぱりなくなっている。

ふと、視界の端に見覚えのある空の小瓶が浮いていた。オレが星水を入れている小瓶だ。腰のポーチを触って確認すると、瓶が一つ減っている。

「あ、精霊さんか……？　ありがと、助かった」

そう言うと風が頬をスッと撫で、オレの掌に空の小瓶をそっと落とした。どうやら合っていたらしい。オレは小瓶をポーチに戻して、一旦大きく息を吐く。

──クソッタレ、厄介だなあの杖！

あの杖──魔杖テュルソスの能力はおそらく強力な精神干渉。他の悪魔も似たような能力はあるが、大抵は能力の効果が出る前に自傷で正気に戻れる。

だが相手は元・星の化身。最上位の悪魔。その即効性と威力は自傷の隙すら与えなかった。多分だが魔杖テュルソスも、酒の効果でアンフィスバエナと同じように出力と射程が上昇しているだろう。

正気に戻る方法は、今のところ星水での浄化のみ。オレの手持ちは残り一本。だがこれは、カサンドラの身体からディオニスを引き剥がすために必要だから使えない。

──どうする。どうしたらいい。

魔杖テュルソスで接近戦を封じられ、かと言って手持ちの武器では間合いが足りない。どうにか隙を作って星水の瓶を投げてぶち当てる？　駄目だ。酒で強化された肉体とあの杖捌き、当てられる気がしねえ。

「精霊かあ。命拾いしたねえ。拾った所で何も出来ないのにさ」

有効な手を何一つ見出せないまま、オレの前に再び杯を傾けるディオニスが姿を現す。

先程よりも、身体に巻きつく赤い蔦を増やしたディオニスは、オレを圧倒してなお強化に余念がない。他の悪魔と同様、人間を舐め切ってくれていれば、まだ付け入る隙もあるというのに。

奔放な言動とは裏腹に、少しずつ、だが着実に、ディオニスはオレを追い詰める。

「その様子だと、僕に勝てる目がないってようやく気づいたかな？　他の祓魔師と連携できればまだマシだったろうけど、悪魔の島の調査で出払ってるからねえ」

上機嫌に杯を揺らしながら、ディオニスは薄笑いを浮かべる。

「それに、ご覧よ」

ディオニスに視線で地上を見るよう促され、オレは癪に障りながらも地上に目を向けた。

七芒星の白亜の城壁の中は、およそ聖地よりも地獄と呼ぶ方がふさわしい有様だった。

あちこちで燃え盛る炎。充満する毒煙。その向こうから轟く、双頭竜アンフィスバエナの二重の咆哮。

目を凝らせば、紫の毒煙の先で縦横無尽に羽ばたくアンフィスバエナの黒い影。その周りに、小さな光の点と黒い点がいくつも集まっている。

光の正体は、炎に照らされた聖騎士たちの鎧。黒は多分、粛清騎士だ。星都を蹂躙する双頭竜に立ち向かわんとするも、アンフィスバエナの巨体が唸るごとに、一つ、また一つと吹き飛ばされて消えていく。

「馬っ鹿だよなあ。誰を何人揃えようが、人間なんかに倒せるわけないだろ？　元から強暴な上に、僕の酒をたーっぷり飲ませておいたんだからさ」

「……クソッタレが……!!」

激情のまま悪態をついたオレに、ディオニスは杯から唇を離し、満面の笑みでこう言った。

「『贄の御子』を渡してくれれば、僕らは大人しく引き揚げるよ？」

「ふざけんな絶対に渡さねえ!!」

「諦めが悪いねえ。でもいいの？　意地を張れば張るほど、星都の民は死んでいくよ？　ま、僕は寧ろその方が嬉しいけどね。ンフ、フフフ、アハハハハ！」

ディオニスは、ありったけの殺意を込めて睨みつけるオレをものともせずに、高笑いを上げて杯をあおる。

——ああ、クソ！　考えろ、考えろオレ！　どうする、一体どうすればいい!?

こうしている間にも、星都の犠牲者は増え続けている。だがディオニスを倒す手立てがオレにはない。でもコイツをここで足止めしておかなければアンフィスバエナは強化され、更には魔杖テュルソスが星都の住民に向けて振るわれるかもしれない。

地上に充満していた毒煙が、火災の煙に乗ってここまで昇って来た。オレの周りを薄い紫煙が漂い、視界が悪くなる。煙の奥で、ディオニスの影がオレを嘲笑う。

――チクショウ……チクショウ!!

考えれば考えるほどに勝ち筋が見えない。酒で強化されたディオニスは、もういつでもオレを殺せる。そうしないのは単純に、オレが悔しがる様を愉しんでいるからだ。

何も出来ないのか？　オレは、何も出来ずに星都が滅ぶのを見ているしかないのか？

食いしばった奥歯がミシリと音を立てる。爪を掌に食い込ませた拳が震える。

四方に立ち上る毒煙の中で自分の無力さに打ちひしがれかけた――その時だった。

「――、――……♪――、――……」

途切れ途切れの微かな旋律が、オレの耳に届いた。

わずかな音を頼りに、慌てて地上に目を走らせる。

「♪――、♪――……♪――、――……」

アンフィスバエナの咆哮の合間に、確かに聞こえる竪琴の調べ。幾度となくオレに力をくれた歌声。

そして、オレは見た――分厚い毒煙の向こう側、明星のごとき黄金の聖琴の輝きを。

——……何を弱気になってやがんだよ、オレは。

オルフェが歌っている。オルフェが戦っている。オルフェは、これっぽっちも諦めてなんかいない。

なら、挫けてる場合じゃねえ。

オレは煙に紛れてディオニスとの距離を縮めながら背後を取るように移動し、マントの下から剣鉈と鉤付きのロープを取り出し、鉤の付いてない方に剣鉈を結びつける。

「【星女神よ。我が身と武器に退魔の加護を授け給え】」

そして煙越しに透けて見えるぼやけたディオニスの影に向けて、右手で剣鉈をぶん投げた。煙の中から突然飛び出して来た剣鉈を、ディオニスは驚愕を浮かべつつ顔に当たる直前で躱す。

オレはすかさず両手でロープを手繰り剣鉈の軌道を変えて追撃。飛んで行った剣鉈が再び斬りつけに来たのを見て取ったディオニスは大きく上に飛んで回避。同時にオレはもう片方の手に握った鉤を、ディオニスが握る魔杖テュルソスに向けて放つも、即座に弾かれて距離を取られた。

「諦めの悪い男だね。折角助けてもらえた命が惜しくないのかい?」

「端から死ぬ気なんざねえよ」

オレは両手にロープで繋いだ剣鉈と鉤を持って、ディオニスを見据えて言った。

「オルフェと、約束したんでな」

絶対に戻る、独りにしねえ。アイツだって、その為に戦ってるんだから――。


「…………約束、だと？」


唐突に。

ディオニスの口から、今までにない怒気を孕んだ声が漏れた。頭上の雷雲が渦巻き、不穏な音を轟かせ始める。

――え、何？　何事？

「ふざけるなよ。御子は僕らのものだ。僕らが天へ昇るための鍵にして階。それを、人間風情が――……!!」

ディオニスが魔杖を振り上げた刹那。再び身体がオレの意思に反して無軌道に距離を取り、同時に紫の雷が一瞬前まで居た場所を刺し貫いて、空気を轟かせた。

「殺す!!　貴様は此処で必ず殺す!!　我らの悲願を妨げる者は、悉く『箱舟』の糧となれ!!」

幾条もの紫雷が黒雲から降り注ぎ、オレを飛ばしている風の精霊たちが、それらから必死に逃れんと縦横無尽にオレの身体を振り回す。

「おあああああああああああ回る回る回るうううううう！」

——攻撃！　どころじゃ！　ねえんだけど!!

頭も身体も容赦なく揺らされながら、オレは必死にディオニスの豹変の原因を思い返す。

直前まで、ディオニスは圧倒的にオレより優位に立っていた。肉体を酒で強化し、魔杖テュルソスでオレの得意な接近戦を封じ、星都と住民をアンフィスバエナで人質に取って、あらゆる角度から勝ち筋を潰していた。

それなのに、突然の激昂。原因となる心当たりは一つだけ。

——『オルフェと約束した』というオレの言葉。

約束。必ず戻る。オルフェを独りにしない。皆で一緒に美味しいご飯を食べる……。

——いや違う。内容じゃない。約束を交わすこと自体に、ディオニスは怒っていた。

約束。オルフェと交わす約束。贄の御子。『箱舟』の鍵。天地を繋ぐ階……。

——いや違う。もっと、もっと根本的な……。

約束。悪魔にとっての約束。

悪魔が人と交わす約束——……。

「——そういう、事かぁ!!」

オレが叫ぶと同時に、雷がすぐ後ろで炸裂した。

——何で忘れてた⁉　こんな、こんな大事なこと！　いや、あまりに当たり前すぎて意識すらしてなかったのか！

「精霊さん！」

オレは舌を噛みそうになりながら、精霊に向かって呼びかける。

「無茶かもしれねえが、頼む！　オレを、オルフェの所に連れて行ってくれ‼」

言い終えた瞬間、オレの身体が勢いよく地上へ引っ張られた。仕事が速くて助かるぜ！

オレは滅茶苦茶キツイけどな！

「行かせるものかあ‼」

ディオニスの怒号が上から聞こえた直後、角笛の音が高らかに響き渡った。

「オイ嘘だろそこまでするかぁ⁉」

「「ギシャアァアアア‼」」

角笛の音に咆哮で応じた双頭竜アンフィスバエナが、地上からオレを目掛けて一直線に羽ばたいてくる。

毒煙は精霊によって遮れても、アンフィスバエナは単純にでかくて強い上、ディオニスの酒で強化済み。そこに上からの雷とディオニスが加わるのだから、堪ったものではない。

——ええい！　でも、やるしかねえ！

毒煙を背中の翼で吹き飛ばしながら、アンフィスバエナがすぐそこまで迫っている。オレは右手に剣鉈を逆手で持った上からロープを巻き付け、左手を柄頭に添える。

「【星女神よ！　我が身と武器に退魔の加護を授け給え！】」

秘跡を発動した瞬間、毒煙を巻き上げてアンフィスバエナの頭が眼前に現れた。唾液を粘つかせながら大口を開け、オレを丸呑みにしようとする。

大きく旋回してそれを避けたオレは、剣鉈を顔の横に構え、アンフィスバエナの長い首に沿って螺旋を描くように飛んだ。

「ギジャァァアアア!!」

アンフィスバエナの首にオレの飛んだ軌道と同じ傷跡が刻まれ、悲鳴と共に紫の血が吹きあがる。

「オラ翼ぁ！」

腰の後ろから左手で手斧を取り出し、アンフィスバエナの右翼の付け根をすれ違いざまにブッ叩く。アンフィスバエナの身体が傾いだ隙に、一気に地上に向かって急降下。

「シャァァアアア!!」

その先に待ち構えていたのは、尾に生えたもう一つの頭。

「揃いも揃って！　うるせえんだ、よ!?」

オレが手斧を振りかぶって尾の頭に叩きつけようとした瞬間、尾の頭は毒煙を吐き出し、オレの視界を奪った。

前後左右を毒煙で囲まれ、咄嗟に身体を左に捻って避ければ、すぐ右で巨大な口が閉じられる。凌いだ、と安堵したのも束の間。鋭い首裏の痛みと同時に、左から首を斬りつけた方が大口を開けて迫っていた。

――ヤベエ、間に合わな……。

刹那。地上から凄まじい勢いで飛んできた黒い影が、アンフィスバエナの横っ面を弾き飛ばした。

影はオレの腰に腕を回して抱きかかえて急旋回。直後に、オレの居た場所に尾の頭が噛みつく。

「しっかりしろシモン君！　いつまで呆けてる！」

「病み騎士ぃ！」

病み騎士、もといマラディはオレを抱えて飛びながら叫ぶ。

「状況は？」

「オルフェと合流しようとしたら、ディオニスがキレて竜呼んだ。そっちは？」

「全くよろしくない」

マラディ曰く。オレがディオニスの下に向かってから、毒煙を精霊術で散らしながら避難路を確保し、生きていた住民を旧大聖堂に避難誘導。その途中でアンフィスバエナが空から襲って来たため、合流した聖騎士・粛清騎士と共に応戦。

毒煙の被害者の治療に当たっていたオルフェも合流して、マラディと騎士たちに強化を掛けようとするも、アンフィスバエナの咆哮がオルフェの曲を妨害し、聖琴エウリュディケによる強化を無効化してきたと言う。

「ジリ貧だった所で、突然竜が飛んで行ってね。騎士たちは旧大聖堂に撤退して籠城戦の構え。オルフェ君も一緒だ」

「アンタは様子見に飛んできたって所か……ありがとな、助かったぜ」

マラディをよく見れば目立った外傷こそないものの、顔は煤だらけだし、服はボロボロで血の臭いが染み込んでいる。オルフェの治癒を受けてすぐに飛んできたのだろう。でなきゃ今頃オレはアンフィスバエナの腹の中だ。

「礼はいい。それより、オルフェ君と合流したら、勝機はあるか？」

「分からねえ。が、向こうは全力でオレを妨害しに来たぜ」

一瞬の沈黙。マラディの前髪が風にあおられて、濃紺に銀灰の月を宿した瞳が露わになり、互いの視線が交錯する。

「敵戦力は」

マラディはただ一言、そう聞いた。

「杖は精神干渉、射程二十。対策は星水のみ。酒は強化。身体能力向上に精神干渉の射程・効果の底上げ。あとは落雷。回避は精霊に任せた方が良い。竜は手負い。頭側の首裂傷と、右翼の付け根に一撃食らわせた」

「よし、行け！」

マラディはオレから手を離し、急上昇してアンフィスバエナとディオニスに向かった。

オレは振り向かず、ひたすらに地上へと降りていく。星都を覆いつくす毒煙の中で、ただ一つ煌めく黄金の星を目指して。

――オレは今から、祓魔師として越えてはいけない一線を越える。

竪琴の輝きと微かな音色を頼りに毒煙の中を飛びながら、オレの中では様々な思いが渦巻いていた。

ディオニスとのやり取りで気づいた、この状況を打破できるかもしれない唯一の手。

それは、オレが十八年の人生で七星教徒として、そして祓魔師として築き上げて来た全てを捨て去ると言っても過言ではない方法だ。

しかもそれが上手くいく確証はないし、勝てるかどうかはまた別の問題。失敗すればオレは殺され、星都も滅び、住民は皆殺しにされるだろう。

──本当に大丈夫なのか？　他に方法はないのか？

極限状態から解放されて、冷静になってしまったゆえに湧き出る不安を、オレは頭を振って無理矢理考えないようにする。

今更、引き返せる場所にはいないのだ。マラディが足止めを買って出てくれた以上、オレに出来るのはこの方法に賭けるだけ。

──ビビるな、オレ！　ここまで来たら、やるしかねえんだ！

迷いを抱えたまま突き進むうちに、不意に毒煙が晴れ、竪琴の旋律がはっきりと聞こえ始めた。

眼下に広がるのは、あちこちに焚かれた篝火に照らされ、堂々たる威容を誇る旧大聖堂。おそらくマラディの精霊術であろう、清らかな風が毒煙を退け、竪琴の調べを敷地の中に巡らせている。

竪琴の調べに身体が癒されるのを感じながら、オレは周囲を見渡す。

十八年前の襲撃すら耐え抜いた堅牢さが売りの旧大聖堂は、今のところ大きな損傷は見られない。

遠目に窓を覗き込めば、避難してきた民衆が不安と恐怖をありありと浮かべ、両手を組んで必死に祈りを捧げている。

地上では血を流す聖騎士が仲間に支えられながら建物へと入っていき、別の場所では巨大な武器を抱えた黒服の粛清騎士と思しき集団が忙しなく走り抜けていく。

そして旧大聖堂で最も高い場所。刻告げの鐘を備えた塔の上で、黄金の竪琴を奏でる美貌の詩人を見つけて、オレは叫んだ。

「――オルフェ――――ッ！」

オレの声に演奏を止めたオルフェは空を見上げ、毒煙を突き抜けてやって来たオレの姿に驚愕と歓喜の笑みを浮かべる。

「――っ！　シモン！」

竪琴を持ったまま両手を広げたオルフェの前にゆっくり着地したオレは、そのままオルフェの両腕の中に収まり、互いを強く抱きしめ合う。

背中に回された細い腕。煤だらけの服の下の華奢な背中。毛先の焦げた亜麻色の髪。汗と煤が混じった肌から香る白葡萄の匂い。

「シモン……」

オレの名を呼ぶ、震えた声。

全身で感じる体温を名残惜しく思いながら、オレは身体を離して、オルフェの澄んだ緑青の瞳を見つめる。

迷いは、もうなくなっていた。

「オルフェ。時間がねえ、簡潔に言う」

覚悟を決めて、オレは言った。

「――悪魔の力で、オレと契約してくれ」

言葉の意味を理解したオルフェの目がゆっくりと見開かれ、オレの腕を掴む手に力が籠る。

そう。悪魔に関する最も基本的な知識。

悪魔にとっての約束。悪魔と人が交わす約束。対価と引き換えに相手が望むあらゆるものを与える約束。

それ即ち――悪魔の契約。

オルフェは半魔だ。厳密にいえば人間でも悪魔でもない。

だが、ディオニスのあの反応。もしオルフェが半魔ゆえに契約を結べないのであれば、あんな反応にはならないだろう。

それに、オルフェの父親はそこらの下位悪魔じゃない。かつて星女神に次ぐ力を持っていた星の化身、旧き明星の魔王ルキフェルだ。その力が半分とは言え、オルフェに受け継がれているならば――。

「出来るか？」

「……うん、出来るよ」

でも、とオルフェは言う。

「いいのかい？　僕と契約を交わしたら、天の国へは行けないよ？」

「知ってるよ。魂（たましい）が、お前のものになるんだろ」

悪魔が望む契約の対価はただ一つ――契約者の死後の魂。

星女神（エツラ）に背（そむ）いて天の国を追われた悪魔と契約を交わした魂は、天の国へ行くことを許されない。

それは星女神（エツラ）の信徒たる七星教徒にとって、最も恐（おそ）れるべきことだった。

「それに、約束したじゃねえか。『お前を独りにしない』ってさ」

ただの口約束だけなら、まだ言い訳は出来ただろう。『命に寄り添（そ）う』が教義だからとか、聖職者として悪魔の企みに協力なんてしないとか、いくらでも反論してやれた。

だが契約となればそうはいかない。文字通り、魂を悪魔に売り渡（わた）す行いなのだ。

七星教徒として、聖職者として――祓魔師（エクソシスト）として、越えてはならない一線。

その上に立って、オレはオルフェの目を真っすぐに見据（みす）える。

「最初はさ、『独りはいやだ』って言ったお前を助けたくて、そう言ったんだ」

初めて会った時。キマイラとの戦いでボロボロになって涙（なみだ）を流していた頃（ころ）が、もう随分（ずいぶん）と懐（なつ）かしい。

「でもいつの間にか、お前はオレを助けられるくらい強くなってた」

異端審問官に捕らわれた時。もしオルフェが助けに来なければ、オレはあの地下牢で狂気に呑まれて息絶え、誰にも知られることなく罪人として葬られていただろう。

守りたい気持ちは変わらない。寧ろ強くなっている。

でも今は、その気持ちと同じくらい、オルフェのことを信頼している。

——オレの全てを、投げ出していいと思うくらいには。

「だから今度は、対等な立場で約束しよう」

一線を、一歩踏み越える。

「オレはオルフェを独りにしない。お前が望む限り、お前の隣で共に生きる。オレたちが一緒に生きるために、お前の力を貸してくれ」

オルフェは、オレが話し終えるまでずっと、瞬きもせずにオレを見つめていた。

永遠にも感じた一瞬の沈黙の後。

「——……いいよ」

オルフェは、微笑みを浮かべてそう言った。

「僕の全部をシモンにあげる。だから、シモンの全部を僕に頂戴」

オルフェの両手が再びオレの身体に伸びる。聖琴を持つ左手はオレの背に優しく添えて。

何も持たない右手はオレの髪をかき上げ、目元から耳裏を指先でかすめ、掌で顔の輪郭を確かめながら、親指の腹でオレの唇をなぞる。

聖女の慈愛と、魔王の支配。余すことなく注がれるその両方を、抗うことなく受け入れた。

「契約を」

美しい声に引き寄せられるままに、オレは一歩踏み出して、オルフェの背中に手を回す。互いの吐息が混ざりあう距離で見つめ合い、オルフェはゆっくりと口を開いた。

「今から君は、僕のシモン。そして僕は——君のオルフェだ」


その瞬間。

首の裏が爆ぜたかと錯覚するほどの、未だかつてない痛みが全身を駆け巡り、オレは生まれたままの姿で、真っ白な光の中に放り出される自分を幻視した。

視界が明滅する、手足の感覚がなくなる、息も出来ない。頭から指先まで、声も出せないほどの痛みが五感の全てを麻痺させて、身体の奥の更に奥にある、命の源そのもの目掛けてやって来る。

「——……っあ、ああっ！」

痛みを受け止めた瞬間。オレの喉から絞り出されたのは、未知の感覚への恐怖と、それ

を上回る歓びが入り混じった、恍惚の喘ぎだった。

「ぁ――……っあ、んぅ！　あっ、あ――……っ！」

痛みが幾度となくオレを貫き苛むたびに、苦痛と恍惚が入り混じり、その境目をなくしながら徐々に高まっていく。

「シモン――」

声が聞こえる。清冽な小川のせせらぎのような、霧の向こうから呼びかけるような。

オレは甘美な痛みに全身を揺さぶられながら、必死で声の主に意識を向ける。

「シモン――僕を呼んで」

恐怖、歓喜、苦痛、恍惚、それらの全てが混じり合い、頂点へ達すると同時に、オレは全霊で彼の名を叫んだ。

「っ――オルフェ!!」


気が付くと、オレは旧大聖堂の塔の上で、オルフェと見つめ合ったまま涙を流していた。

まだ少し、全身が痺れているような感覚は残るものの、先程までオレを苛んでいた甘美な痛みはどこにもない。

オルフェもまた、上気した頬に幾筋もの涙を伝わせ、薄紅の唇からは微かに荒い吐息を漏らしていた。

「なに今の……」

「君の魂に触れたんだ……僕と繋がってるの、分かる？」

「ん……分かるぜ。何となくだけどな」

正直、何かが明確に変わった気はしない。

だが、うまく言えないが――どれほど遠く離れても、オルフェと繋がり続けられるという確信が、オレの中で芽生えていた。

「お、おい！　あそこ見ろ！」

「何か落ちて来るぞ！」

不意に地上が騒がしくなり、オレとオルフェは慌てて涙を拭って空を見る。

オレがドミニクに捕まった、旧大聖堂前の広場。その真上の毒煙が地上に向けて大きく盛り上がったかと思うと、その中から右の翼を失ったアンフィスバエナが、紫色の血を大量に流しながら、広場の石畳の上に轟音を立てて叩きつけられた。

それを追うように、小さな黒い人影が毒煙から吐き出され、背中から地上に向かってゆっくりと落ちてくる。

「マラディ！」

「マラディさん！」

オレとオルフェが同時に叫ぶと、落下していたマラディが、仰向けのまま軌道を変えてこちらへと向かってくる。おそらく気を失って、精霊に運ばれているのだ。

風の精霊に運ばれ、オレたちがいる塔の上に横たえられたマラディに、すかさずオルフェが聖琴エウリュディケで治癒を施す。服は焼け焦げて穴だらけ。顔には火傷と、幾筋もの涙の痕。右手は大剣の柄を握りしめた上から、破った服で縛り付けていた。

オレは鉤付きロープを結び付けた剣鉈を取り出して構え、毒煙の向こう側を見据える。

「……お出でなさったぜ、黒幕様が」

首の裏の痛みと同時に、オレたちの真上の毒煙に、大きな穴が開く。

その中心から雷鳴を伴い現れたのは、先程とは装いを一変させたディオニスだった。

白金の髪に編み込まれた赤い蔦の葉が、王冠の如く頭部を飾り、局部を隠していただけの葉は、何層にも重なって鎧の如く急所を覆っていた。

「あれは……教皇猊下!?」

「そんな……」

「ふざけるな！　いつから悪魔の手先に成り下がった！」

その姿に、地上に居た聖騎士や粛清騎士たちが俄かに騒然とし始める。身体は間違いなくカサンドラのものだから勘違いも無理はないが、如何せん相手が悪すぎた。

「やめろ！　落ち着け！　ありゃ中身は猊下じゃ――」

「黙れ。虫ども」

オレの制止より先に、ディオニスが冷え切った声で魔杖テュルソスを振り上げれば、地上の騎士たちが全員動きを止め、その場にバタバタと崩れ落ちた。

オレと戦った時より、精神干渉の範囲も効果も上がっている。蔦の葉の鎧といい、相当に強化されているのが窺えた。

「……やってくれたな、人間風情が」

「いやー、オレなんかやっちゃいましたあ？　……なーんてな。そう睨むなよ」

冷たい眼差しで見下ろしてくるディオニスに、オレは武器を構えたまま軽口で応じる。

「弱いくせして粋がるなよ。状況は変わらない。このまま星都は滅ぶだけさ」

ディオニスはそう言って酷薄な笑みを浮かべ、オルフェへと視線を移す。

「やあ。初めましてだね、贄の御子。それとも竪琴の聖者って呼んであげようか？」

「僕はオルフェだ。御子でも聖者でもない」

「そう冷たくしないでおくれよ。さあ、一緒に島へ戻ろう？　お父さんの安否も気になるだろ？」

「僕は島には戻らない」

即答したオルフェに、ディオニスもオレも思わず目を見開いた。

「父さんから、僕を逃がす時に聞いたんだ。母さんは、僕の自由と幸せを願ってた。でも、悪魔の島じゃ、それは絶対に叶わないって」

父親の安否という揺さぶりを一切顧みることなく、オルフェはディオニスを見据えながら続ける。

「父さんの言う通りだよ。僕に望まぬ役目を押し付けて、思い通りにしようとする奴らの所になんて、僕は絶対に行きたくない」

「これはとんだお笑い種だ！　君を贄の御子として『箱舟』の鍵にすると決めたのは、君の御父上だよ!?」

「その父さんが言ったんだ。『お前は自由だ、幸せになれ』って」

聖琴エウリュディケを構えたオルフェが、一歩前に出て、オレの隣に並び立つ。

「僕の幸せは此処にある。だから、島には戻らない。父さんはその為に、命がけで僕を逃がしたんだから！」

凛とした顔で言い放ったオルフェに、ディオニスは憤怒に顔を歪めて叫んだ。

「ならば力ずくで奪うまでだ！　起きろ、アンフィスバエナ!!」

ディオニスの怒号に応じ、広場に横たわっていた満身創痍のアンフィスバエナが、咆哮を上げて傷だらけの身を起こす。

飛べなくなったとは言え、あの巨体がぶつかれば、さしもの旧大聖堂も耐え切れない。
ここでディオニスとアンフィスバエナを祓えなきゃ終わり。

これが、最後の戦いだ。

「オルフェ。行けるか？」

「大丈夫」

オルフェの覚悟に応じるように、聖琴エウリュディケが、再び黄金の輝きを放つ。

「僕はもう――独りじゃないから！」

戦場に煌めく聖琴の旋律が、勝利への決意を秘めて奏でられる。

「♪暁の鐘よ　鳴り響け　僕が君と明日を　迎えるため――！」


オルフェが選んだのは、聖歌でも、精霊歌でもない。

オレとの旅の合間に作り続けた、誰のものでもない、オルフェ自身の歌だった。

高らかな歌声が星都を覆う毒煙を吹き飛ばし、双頭竜アンフィスバエナは、オレとマラディで付けた傷から大量の紫の血を迸らせて、苦悶の咆哮を上げる。

「くぅあ、ああああ!!」

ディオニスもまた両耳を押さえて、慌ててオルフェから距離を取り、旧大聖堂から遠ざかった。

――いやちょっと待て威力がおかしいだろ!?

マラディが苦戦していたと言ったのは何だったのか。アンフィスバエナの咆哮をものともしない声量は、星都の隅々まで歌声を響かせるのに十分すぎる。

いや、そもそも星都までの旅の最中に起こった悪魔との戦いでも、聖琴がこれ程の猛威を振るったことはない。自作の歌だから？　それだけでここまで違うものか？

呆気に取られていたオレに、間奏を弾いていたオルフェが語り掛ける。

「君のおかげだよ、シモン」

自慢げな笑みを浮かべるオルフェの言葉に、思い当たるのは一つだけ。

――これ、契約の効果か？

オルフェと交わしたのは、互いの全てを捧げ合うこと。

おそらく、オレが持つ【身体強化】【武器強化】の秘跡の効果が、オルフェの声量と聖琴エウリュディケの出力に上乗せされているのだ。

「ってことは――【星女神よ！　我が身と武器に退魔の加護を授け給え！】」

恐る恐る試してみれば、【身体強化】も【武器強化】も、問題なく発動。いや寧ろ、今までの身体強化より身体が軽く感じるし、強化した剣鉈に至っては、表面にうっすら虹色の不規則な煌めきが宿っている。

オルフェと契約したことで秘跡が使えなくなるかと危惧していたが、これは思わぬ僥倖だ。

「どうやら、勝機は摑んだようだね」

「マラディ！」

いつの間にか、マラディがオレの隣に立って、広場で暴れるアンフィスバエナを見下ろしていた。

「《精霊たちよ。今一度》」

マラディの精霊術が再びオレの身体を浮かせる。オレとマラディは一度だけ視線を交わし、何も言わずに同時に塔から飛び立った。

「♪いつか聞いた　母の声が　晩鐘の彼方より　祈る」

真っすぐ飛んできたオレに気づいたディオニスが、魔杖テュルソスを振りかざす。

首裏の痛みは――ない。オルフェの歌が、オレを守っているのだ。

杖の能力が効かないことに戸惑うディオニスへ、オレは迷わずロープ付き剣鉈を振り回す。遠心力が乗った剣鉈は、ディオニスの胸部を守る蔦の葉をごっそりと削り取った。

「♪『あなたの　自由と　幸せを　心より願っているわ』と」

視界の片隅で、アンフィスバエナが血を吹き上げて横倒しになる。どうやらマラディが片脚を切り落としたらしい。

「♪かつて聞いた　父の声が　晩鐘の果てより　願う」

オレはまずディオニスの蔦の葉の鎧を削り切るべく、ロープで剣鉈を操り連続攻撃を狙う。

「魔杖が効かない程度で、舐めてくれたものだな！」

ディオニスが叫ぶと、魔杖テュルソスの先端の松かさの隙間から、掌ほどの大きさの鉄の刃が無数に飛び出し、オルフェの歌で弱ってもなお鋭い杖捌きが、容赦なくオレに振るわれる。

「♪『愛している　お前は自由だ　幸せになれ』と」

もはや杖でなくメイスと言っていい魔杖テュルソスの猛攻を、オレは剣鉈を牽制に振り回しながら、大きく距離を取って回避する。

地上では、オルフェの歌で正気を取り戻した騎士たちがマラディに合流。オレが首を掻き切った頭を、防御に優れた聖騎士たちが引きつけ、深手を負った肉体を守ろうとする尾の頭には、マラディを筆頭に攻撃に優れた粛清騎士たちが、オルフェの歌で強化された武器で無数の傷を負わせていく。

「♪父母の声を　聞くことはもう　叶わないと知ってから　晩鐘が鳴る度　孤独に怯え震えていた」

間合いを詰めたいディオニスと、間合いを取りたいオレ。それぞれが縦横無尽に旋回しながら、隙あらば攻撃し合うも、オレの剣鉈をディオニスが弾き、ディオニスの杖をオレが避ける。

互いに決定打を生み出せない膠着(こうちゃく)状態が続く中、不意にそれは訪(おとず)れた。

何度目かになるオレの剣鉈を弾こうとしたディオニスの動きが、一瞬(いっしゅん)だけ不自然に止まったのだ。

「——チィッ！　邪魔(じゃま)をするな！」

すんでの所で剣鉈を弾くも、オレはすかさずロープを手繰(たぐ)って追撃。背中を狙った追撃は際(きわ)どいながらも回避され、頭部を覆(おお)う蔦(つた)の冠(かんむり)の一部を刈(か)り取った。

「黙(だま)れ！　今更(いまさら)、出てくるんじゃない！」

怒(いか)りに顔を歪めるディオニスの右眼が、真紅(しんく)から薄青(うすあお)へと変わる。

——まさか……！

「♪うつむく僕に　君は　手を差し伸(の)べ告げた」

一縷(いちる)の可能性に至ったオレは、彼女の名を叫んだ。

「猊下(げいか)！　カサンドラ猊下であられますか！」

信じられなかった。悪魔に身体(からだ)を乗っ取られた人間が、再び身体の主導権を握(にぎ)るには、相当な精神力が必要だ。オレが聖騎士(きし)たちの前で極限状態になるまで追い詰めたカサンドラが、ここへ来てディオニスの支配に抗(あらが)い、自分を取り戻(もど)そうとしている。

「カサンドラ猊下！」

「祓魔師(エクソシスト)……シモン……」

薄青の両眼をオレへ向けて、カサンドラは言った。

「斬って、お願い、予知の通りに――……」

言い終えた瞬間、両眼が再び真紅に染まり、カサンドラの意識がディオニスに取って代わられる。

「ええい！　言いなりになるしか能のない小娘が！　邪魔をするな!!」

苛立ちも露わに怒鳴り散らすディオニスを前に、オレはカサンドラの言葉を反芻する。

思い出すのは、謁見の間で聞いた言葉。カサンドラが予知した光景。

「♪『約束する　お前を　独りにしない』と――」

「――信じるぜ、カサンドラ猊下」

オレは剣鉈に繋がるロープを握りしめ、再びディオニスの周囲を飛び回る。

「♪暁の鐘よ　鳴り響け　あの日の晩鐘を　かき消して」

鐘が鳴る。オルフェの足元で、刻告げの鐘が歌声に合わせて荘厳に響き渡る。

地上から歓声が上がった。尾の頭をマラディが切り落としたのだ。双頭ではなくなったアンフィスバエナは、最後の意地と言わんばかりの咆哮を上げ、毒煙を吐き散らして一人でも多く道連れにしようと、命を燃やしながら騎士たちに襲い掛かる。

「♪孤独の彼方　後悔の果て　君の手を取ると　決めたんだ」

カサンドラの妨害で動きに精彩を欠くディオニスに、オレは再び剣鉈を振り回して攻撃を仕掛ける素振りを見せる。ここまで何度も同じ攻防を繰り返して来たディオニスは、オレの剣鉈の軌道を予測して構えた。

「残念、こっちだ！」

オレは左手に持っていた鉤の方を投擲し、がら空きだったディオニスの胴に巻きつかせる。虚を衝かれたディオニスの周囲を旋回し、ロープを二重三重に巻きつけ、最後に剣鉈を投げつけた。

「ハッ！　これしき！」

ディオニスは剣鉈を避け、身体に巻かれたロープを力ずくで引きちぎる。

――その隙が欲しかったんだ！

ロープを引きちぎる直前、オレは腰のポーチから星水の小瓶を取り出し、ディオニスの死角から投げつけた。

拘束を解いたディオニスがオレを捜して振り返った瞬間、星水がディオニスの頭から全身に降り注いだ。

「ア、アアアアア――――!!」

魔杖テュルソスを取り落とし、苦悶の絶叫を上げるディオニスの全身から紫色の煙が吹きあがった。肌の色を取り戻したカサンドラの頭の上に、紫色の煙が歪んだ顔を浮かび上がらせる。

「♪暁の鐘よ　鳴り響け　僕が君と明日を　迎えるため」

鐘が鳴る。新旧二つの大聖堂で、鐘の音が重なり共鳴する。

オレはカサンドラの予知通り、腰から二振りの星銀の短剣を取り出した。

「【星女神よ！　我が武器に退魔の力を授け給え！】」

いつかのように、旋律と共に黄金の光を纏った二振りの剣を構え、オレは真っすぐにディオニスに向かって飛んだ。

「♪僕はもう　迷わない　孤独も後悔も　晩鐘の残響」

地上では咆哮を上げて飛び掛かるアンフィスバエナの首に向けて、マラディが処刑人の剣を振りかざす。

オレは退魔の文言と共に二振りの剣を交差させ、己の頭上に振り上げた。

「【理に背く者よ、去れ！　我が手は汝を退けん！　汝、己の悪を知り、善なる者に平伏せよ！】」

「やめろ、来るな、来るなぁあああ!!」

オレの剣が迫る中、カサンドラは自分の身体を掻き抱くようにして、逃げようとするディオニスを己の肉体に留め置く。

「星女神よ！　貴女に全てをお委ねします！」

カサンドラの悲痛な祈りが天を覆う雷雲を割り、払暁の空から光の階が大地に伸びる。

「♪暁の鐘よ　鳴り響け　今　僕と君が迎えた　明日の先へ　永遠に――」

鐘が鳴る。星都の全ての教会で、夜明けの鐘が打ち鳴らされる。

白銀と黄金の二色の軌跡（きせき）が、カサンドラの頭上で交差し、耽溺（たんでき）せし豊星の化身（けしん）を斬り祓（はら）う。

「――――、――――っっっっっ!!」

ディオニスは声にならない絶叫を上げてカサンドラの身体を離（はな）れ、紫の煙はやがて澄み渡る暁の空の下で、形を保てずに霧散（むさん）した。

「…………終わっ、たか…………おっと！」

悪魔の支配を脱（だつ）したカサンドラの身体が、重力に従って落ちそうになったのを、オレは慌（あわ）てて抱き止める。

一糸まとわぬ姿で穏（おだ）やかな寝息（ねいき）を立てる彼女をマントで覆い、地上に目をやれば、竜殺し（ドラゴンスレイヤー）の英雄の誕生を寿（ことほ）ぐ聖騎士と粛清（しゅくせい）騎士に、マラディがもみくちゃにされている所だった。

カサンドラを起こさぬよう、声を上げずにその様子をひとしきり笑って、オレは旧大聖堂に顔を向ける。

塔（とう）の上で聖琴を片手に佇（たたず）むオルフェの顔を、眩（まぶ）しい朝日が照らし出す。

黎明に煌めく亜麻色の髪に、秘境の湖の如き緑青の瞳を一際輝かせ、晴れやかな笑顔でオレに手を振るオルフェを見て――オレたちの旅は、ようやく終わったのだと実感した。

エピローグ

　冬の冴えた空気が漂う旧大聖堂の礼拝堂に、澄み切った歌声と穏やかな旋律が響き渡る。

　涙を流して聴き入る民衆たちの視線を集めているのは、天窓から降り注ぐ柔らかな陽光に照らされながら、黄金の竪琴を手に歌う一人の吟遊詩人。

　母親譲りの亜麻色の髪と緑青の瞳。普段の服の上から丈の長い紺色のケープを羽織って演奏するオルフェ君を、僕――マラディは礼拝堂の扉の横で眺めていた。

　僕たちが星都からディオニスとアンフィスバエナを退けてから、もうすぐ半年が過ぎようとしている。

　その間に様々な出来事があったが――一番はやはり、オルフェ君の能力だろう。

　教皇カサンドラが秘跡ではない神託によって悪魔に操られ、己の意思ではないにせよ星都に甚大な被害を与えた姿は、星都防衛に参加した聖騎士や粛清騎士、旧大聖堂に避難した多くの民衆たちに目撃されている。

　いくらオルフェ君が聖女の息子、かつ星都防衛の立て役者であるとは言え、この状況下で秘跡かどうか分からない能力を持っていると思われるのはマズい。

そう判断したマザー・シルヴィアの説得によって、オルフェ君は七星教の洗礼を受けることになった。

洗礼によって彼が授かった秘跡は【聖歌】――歌を通してあらゆる奇跡を起こせるという、お誂え向きの秘跡だ。

これにより母親の櫃像なしでも聖琴エウリュディケを顕現できるようになり、治癒や秘跡の効果増幅など、それまでと変わらない能力を『秘跡』として堂々と扱えるようになった。

そうして【聖歌】の秘跡の訓練も兼ねて、今回の件で出た怪我人を治療して回った結果、すっかり『竪琴の聖者』として認識され、今や星都でオルフェ君を知らない人間はいないだろう。

もっとも当のオルフェ君は、『聖者』と称されることに大変渋い顔をしていたが。

「失礼します、マラディ様」

不意に横から声を掛けてきたのは、年若い修道士だった。

「どうしたの？」

「実は、外に少々困った方がいらっしゃいまして……」

「分かった。行こう」

「一体いつまで待たせるつもりかね⁉」

　修道士の案内に従い外へ向かうと、順番待ちの人たちが並ぶ広場のど真ん中に、派手な装飾を施した馬車が乗り入れられ、修道士と聖騎士が民衆を守るためにそれを遠巻きに囲んでいる。

「敬虔な信者たる儂を、有象無象の輩と共に寒空の下で並ばせるなど！　到着してから四半刻も経つのだぞ⁉」

　その馬車から身を乗り出して喚くのは、毛皮の襟巻が付いた分厚い上着を着こんだ、肉付きの良い丸顔の男性だった。

「申し訳ございません。急を要するお怪我や病をお持ちでないのならば、来た順番にお待ちいただくことになっておりまして……」

「それはもう飽きるほど聞かされたわ！　入れぬと言うなら聖者を来させんか！　儂がどれほど長く七星教に尽くして来たと思っておる！　貴様らが着ておる服も鎧も、誰の金で出来ているのかね？　ええ⁉」

　――なるほど、これは困った方だ。

　僕は人混みを掻き分けて、馬車に乗った男性の前に姿を現す。そして。

「ん？　何じゃ貴さブォアッ⁉」

唾をまき散らしながら叫ぶ男性の顔の下半分を左手で鷲掴みにして、僕は言った。

「『急を要する怪我や病など、本当に治癒を必要とする方を優先的に』『自分から出向くのは、旧大聖堂まで足を運べないほどの怪我人、病人、貧しい人の時のみ』。それが竪琴の聖者様のご意向でございます」

顔を掴んだ左手の力を徐々に強めながら、僕は淡々と続ける。

「星女神の前では、貧富の別なく、如何なる命も平等に扱われます。竪琴の聖者様はその教えを忠実に守り、実践なさっておられるのですよ」

男性が白目を剥きかけた所で、僕は顔から手を離した。解放された男性は、息を荒くしながら僕を睨みつける。

「貴様……な、何の権限があってこのような無体を……」

「ああ、申し遅れました」

僕は胸元に着けた二つの勲章を男性の前で指差した。

一つは六対十二枚の黄金の翼の上に銀の七芒星をあしらった、聖者の護衛騎士の証。

もう一つは、竜の首の下に交差した二本の剣をあしらった、竜殺しの証。

「竪琴の聖者様の護衛騎士、かつ旧大聖堂の警備責任を任されているマラディと申します」

「マラディ……り、竜殺しの英雄……⁉」

顔面を蒼白（そうはく）にした男性に向けて、ニッコリと笑って一礼する。

「順番通りならば、一刻もしない内に入れるでしょう。それまでは馬車の中で静かにお待ち下さい」

男性が顎（あご）の肉を揺（ゆ）らしながらカクカクと頷（うなず）いて馬車の窓を閉めたので、僕は馬車の周りに居た修道士と聖騎士に声を掛（か）け、旧大聖堂に向けて歩を進める。

ちょうどその時、旧大聖堂の門から演奏を聞き終えた民衆たちが出て来た。すれ違（ちが）う人々は皆（みな）一様に晴れやかな笑みを浮（う）かべ、口々にオルフェ君を褒（ほ）め称（たた）えている。

「どうか――」

僕はそっと、護衛騎士の勲章をなぞりながら、祈る。

――どうかオルフェ君の献身（けんしん）が、この人たちに裏切られませんように。

そう願いながら旧大聖堂の門を潜（くぐ）ろうとすると、不意に風が前髪を巻き上げた。

見上げれば、晴れ渡（わた）る冬空の下で、風の精霊（せいれい）たちがキャラキャラと楽しそうに笑っている。

《大丈夫（だいじょうぶ）。あの子は絶対、裏切らないよ》

「……ああ、そうだな。彼だけは」

柔らかな陽光の眩しさに目を細め、僕はゆっくりと旧大聖堂の門を潜った。

『かくして、地上に堕とした悪魔から命ある者を守るため、星女神は信仰を誓った者に秘跡を授けるとお決めになった』——で、よろしいでしょうか」

「ええ。一字一句、間違いございませんよ」

テーブルを挟んで座っているであろう、私の教育係となった修道女の穏やかな声に、私——カサンドラはホッと息を吐く。

「少し休憩に致しましょう。お茶を淹れて来ますね」

「ありがとうございます」

扉が静かに閉まった後、窓側から微かに大勢の活気にあふれる声が聞こえて来た。修道服の裾をはらって立ち上がり、窓辺に寄って耳を澄ませてみると、どうやら竪琴の聖者様の演奏を讃えているようで、思わず笑みが零れる。

——皆、音楽に耳を傾け笑えるようになったのですね。

そのことに嬉しくなる一方で、胸が締め付けられる。

半年前。私の無知が齎した災厄は、多くの命を、家を、財産を、糧を奪った。生涯をかけても償い切れぬほどの、途方もない罪を犯した。

だが、罪人としてこの身で贖うことは、あの方が許さなかった。

俯いた拍子に、柔らかい毛先がうなじをくすぐる。ここに匿われることが決まった時、背中まで伸ばした髪を切り落としたのだ。

今の私は教皇ではなく、かと言って罪人として扱われもしない。ましてお荷物や嘘つきとすら呼ばれない。

――私は、一体この先、何者にされるのだろうか。

「ア、アレは断じて、聖者などではない!!」

突然、窓の外から聞こえて来た怒声にすくみ上がる。この特徴的な甲高い声。間違いない、ドミニクだ。

「皆、騙されるな!!　私は見たんだ!!　アレは悪魔だ!!　私に亡者をけしかけ殺そうとした悪魔なんだァ!!」

私に憑依していた悪魔が退去した後。聖騎士たちによる生存者の探索で、ドミニクと異端審問官たちが、地下墳墓に生き埋めになっていたのを発見されたと聞いた。

ただ……。

「うわ、まーた言ってるよ、この人」

「おい！　誰か聖騎士様を呼んできてくれ！」

生き埋めになった影響なのか、救助された全員に精神面での著しい不調が見られ、加えて教皇の神託を根拠に冤罪を掛け、竪琴の聖者を不当に捕らえようとしたことが問題視され、ドミニクを含め私に従った異端審問官たちは皆、職を追われて路頭に迷ったと聞く。

「放せ!!　何が聖者だ!!　何が神託だ!!　何もかも全部でたらめじゃないか!!　揃いも揃って、都合のいい嘘ばかり信じやがって!!　私は間違ってない!!　私が!!　私こそが正しいんだぁあ……!!」

恐らく聖騎士に連行されたのであろう。遠ざかっていくドミニクの声が完全に聞こえなくなるまで、私はその場に呆然と立ち尽くしていた。

私の言葉を信じ、私の言葉通りに動いた人間の末路。

たとえ悪魔が発したものでも、それを神の言葉と偽って伝えたのは——私。

「あ……あぁあ……」

窓の隙間から入る空気が冷たい。全身の震えが止まらず、堪らず両腕で自分の身体を掻き抱く。自分が今、地面に立っているのかもわからない。

私……私、は——。

「カサンドラ。お茶が入りましたよ」

その声に、私の意識が引き戻される。先程の修道女とは違う、厳格で芯の通った声。

「マザー・シルヴィア……」

「失礼。教育係には席を外してもらいました。あなたに、お伝えしたいことがありますので」

　コトン、とテーブルにカップが触れる音と同時に、ハーブティーの爽やかな香りが私の鼻をくすぐる。

「お座りなさい。窓辺にいては、寒いでしょう？」

「はい……」

　私は促されるままに、テーブルにつく。手探りで掴んだカップを両手で持って、ハーブティーを一口。

　震えは、いつの間にか止まっていた。

　大司教を兼任していた教皇（私）が不在となった状況下において、最も高位の聖職者は、旧大聖堂の聖堂長であるマザー・シルヴィアだった。

　あの災厄を生き残った聖職者たちがマザー・シルヴィアの下に集まり、復興および星都サン＝エッラの運営の一切を、現在に至るまで取り仕切っている。

　教皇の座は一時空席とし、ソフィア教国各地の司教たちと、次代の教皇たり得る候補者について手紙で協議を続けていると聞いた。

「ようやく、候補者が出揃いましたよ」

「そう、ですか……」

マザー・シルヴィアの言葉に、私の口から安堵と罪悪感がない交ぜになった溜息が漏れる。

「顔色が優れませんね」

「いえ……候補者が見つかったことは、嬉しいのです。ただ……」

「ただ？」

「……私の愚行の後始末を、彼ら彼女らの誰かに押し付けてしまうことが、ただただ、申し訳ないのです……」

部屋の中を沈黙が支配する。両手でぬるくなったカップを持って俯く私に、マザー・シルヴィアはいつもと変わらぬ口調で告げた。

「カサンドラ。あなたはもはや教皇ではありません」

「はい」

「そして、罪人として裁かれることもありません」

「……はい」

そう、私は裁かれない。

あの方が――私の『神託』によって冤罪を被った祓魔師のシモン様が、旧大聖堂長に私の聖域保護を申し出たからだ。

信仰の体現者たる教皇でありながら悪魔に憑依され、星都を破壊し多くの民の命を奪ったという大罪。聖域保護がなされなければ、裁判なしで火刑台送りにされてもおかしくはなかっただろう。

旧大聖堂に匿われている以上、私は誰にも裁かれない――己の罪を、この身で贖うことすら許されない……。

「カサンドラ。顔を上げなさい」

不意に、私の両手がぬくもりに包まれる。マザー・シルヴィアの掌から、ゆっくりと体温が染み込んでくる。

「あなたは愚かな教皇でもなければ、許されざる罪人でもありません」

あなたは、とマザーは言った。

「あなたは――ただのカサンドラなのです」

――ただの、カサンドラ。

「俗世（ぞくせ）の如何（いか）なるしがらみにも囚（とら）われない、ただの、カサンドラです」

　私は、ただの、カサンドラ――。


「いいですか。あなたは、あなた以外の何者でもありません」

　目の奥が熱い、鼻の奥が痛い、息が苦しい。

「あなたがあなたである限り、あなたの罪はあなたのものです。そして同時に――あなたがあなたである限り、あなたの救いはあなたのものですよ」

　ああ、そうだ。ずっとそう言ってほしかった。

　私はお荷物じゃない。嘘（うそ）つきじゃない。聖女でも、教皇でもない。そんな呼ばれ方をしたかったんじゃない。

　私は、カサンドラ。私は、ただのカサンドラ（私）――！


「ズ、う……あぁ……あああああーん……！」

　私はひたすらに、大声を上げて泣いた。マザーの手のぬくもりを感じながら、何度も何度も、生まれたばかりの赤子のように泣き続けていた。

「すみません。取り乱してしまいまして……」

「構いませんよ。それに、先程よりずっといい顔をしています」

淹れなおしてもらったハーブティーを口にしながら、私はマザー・シルヴィアに尋ねてみる。

「あの……シモン様は、今どちらにいらっしゃるのでしょうか」

あの日、憑依された私が予知通りに斬られてから、シモン様とは一度もお会いしていない。もし許されるのなら、改めてお詫びとお礼をしたいのだ。

私の問いにマザー・シルヴィアは、静かに、しかし深々と呆れ交じりの溜息を吐いた。

「あの子は……羽を伸ばしに行っておりますよ」

☆

広いベッドのクッションに上半身裸でゆったりと背中を預けてかーらーのー……右腕に薄着のねーちゃん！　左腕に薄着のねーちゃん！　両脚の間に薄着のねーちゃん！　そして左右と正面、三方向から押し付けられる柔らかなたわわ！

「此っ処がオレの天の国――――――ぃ♡」

「「キャー♡　シモン様ったらー♡」」

あ――――っ!!　最っっっ高!!!!　素晴らしきかな自由の身!!!!!!

「もう♡　一度に三人なんて、シモン様ってば欲張りね♡　でも、お金大丈夫？」

オレの肩にしなだれかかる右腕のねーちゃんが、耳元で色っぽい吐息を吹きかけながら尋ねる。

「大丈夫、大丈夫。何なら先払いしてあるからさ」

さて、教皇に冤罪を掛けられていたオレ――シモンだったが、そもそも逮捕の根拠である神託がディオニスによる偽神託だったということで、晴れて無罪放免。更にディオニス撃退の功績で、今まで見たことない額の報奨金まで得られた。

慰謝料も兼ねてかなり色がついているおかげで、武器を新調した後もそれなりの額が残ったので、こうして星都の経済に還元しているわけだ。

「んもう、シモン様♡　星都を救った凄腕祓魔師様がこんな所で遊んでていいのお？」

オレの頰をツンツンとつつきながら、左腕のねーちゃんが上目遣いで首を傾げる。

「いーのいーの！　オレってば滅茶苦茶頑張ったんだからさ。寧ろ息抜きしないと、悪魔祓いにも支障が出ちまうよ」

大司教も兼任していた教皇不在の状況で、一番偉い聖職者だった我らがマザー・シルヴィアは、生き残った上位の聖職者たちをまとめて星都の復興や運営を精力的に行った。

その際、十八年前にカサンドラを『神託の聖女』として教皇に推薦(すいせん)した聖職者たちを調査したところ、ディオニスによる偽神託や精神干渉(かんしょう)の痕跡(こんせき)があったことが発覚。

カサンドラの命令でほぼすべての祓魔師(エクソシスト)が悪魔の島(ディア＝ボラス)の調査に出払っていた中、唯一(ゆいいつ)星都に居た祓魔師(エクソシスト)のオレが、そいつらの悪魔祓いを行う羽目になった。

おまけに崩壊(ほうかい)した星都の護(まも)りの隙(すき)を突(つ)いて侵入(しんにゅう)してきた野良(のら)の悪魔を聖騎士(きし)と祓い、ここぞとばかりに湧(わ)いて出て暴動を扇動(せんどう)しようとした悪魔崇拝(すうはい)者集団を粛清(しゅくせい)騎士と制圧し、不満と不安が爆発(ばくはつ)寸前だった民衆を落ち着かせるために『星都を救った凄腕祓魔師(エクソシスト)』として話を聞いて回ったり――……オルフェの応援(おうえん)と秘跡がなかったら、何回過労でぶっ倒(たお)れたか分かりゃしねえ。

三か月ほどして星都襲撃(しゅうげき)の報(しら)せを受け取った祓魔師(同僚)たちが一人、二人と合流し、ソフィア教国各地からの支援物資が届いたことで治安も次第(しだい)に安定。

そしてディオニス撃退から半年が過ぎた今日、ようっっっっっやくオレは激務から解放されたのだ。

「やったー♡　じゃあ今日は、いーっぱい楽しんでいってね♡」

オレの両脚の間に居るねーちゃんが、オレの首に腕(うで)を絡(から)めて、キュッと唇(くちびる)を突き出してくる。

「ンフフフフ、そうだな～朝まで楽しんじゃおうな～♡」

突き出された唇に、オレも唇を突き出して――。

「シモン君はここかい？」

「うぉあああああ病み騎士ぃぃい!?」

いざお楽しみ！　という時に、ノックもなしに無造作に扉を開き、胸元にごつい勲章を二つぶら下げたマラディが現れた。

「え？　誰？」

「ちょっと、待って！　アレ！　あの勲章！」

「えーウソ！　竜殺しの英雄のマラディ様!?」

訝しげだった三人のねーちゃんたちが、勲章を見た瞬間、黄色い悲鳴を上げて一斉にベッドを降り、マラディの左右と正面から抱き着いた。

上半身裸で両手を広げて胡坐をかいた格好のまま置き去りにされたオレは、我に返ってベッドの上に立ち上がる。

「テメー病み騎士ぃ!!　何てタイミングで来やがる!!　こちとら八か月半もご無沙汰だったんだぞ!?　混ざりてえなら最初に言えや!!」

「何を言ってるんだい。僕は君を迎えに来たんだ。もうすぐ門限なんだから、帰るよ」

「いやいやいやいや。ちゃんとマザーに外泊届、出してるぞ？」

「おや。そうかい。それは失礼したね」

　マラディはわざとらしく肩をすくめながら、こう言った。

「折角オルフェ君が、『久しぶりにシモンと夜更かしできる』と楽しみにしていたんだけど、泊まりがけの用事があるなら仕方ないね」

「え、ちょっ、オイ！　それ先に言えよ！」

「オルフェ君が寂しくないよう、夜更かしの相手は僕が務めることにしよう」

「はあ～～～～!?　ふざけんな！　待てオラァ!!」

　オレは慌てて服を拾い上げて靴を履き、大股で立ち去るマラディの背中を追う――前に部屋に残した三人のねーちゃんたちを振り返る。

「ごめん！　次来た時に、またよろしく！」

「は～い♡」

「次はドラゴンスレイヤー様も紹介してね♡」

「聖者さまも～♡」

「聖者さま未成年だから！　じゃあなっ！」

　オレはねーちゃんたち三人それぞれに投げキッスをして、服を着ながら急いでマラディを追うのだった。

「お帰り、シモン」

「「「おかえりシモン兄ー！」」」

「おう、ただいまー」

旧大聖堂の門を潜り、敷地内にあるオレが育った孤児院へと向かえば、食卓には既にオルフェとチビたちが揃って着席していた。

「マラディさんも。お迎えありがとうね」

「構わないよ、このくらい」

「皆さん、揃いましたね。では、夕食前のお祈りを始めましょう」

オレとマラディが座った所で、マザー・シルヴィアが晩餐の祈りを捧げ、皆も両手を組んで静かに祈る。

祈りを終えると皆が一斉に食事に手を伸ばし、各々が味の感想や、今日あった出来事などの話題に花を咲かせた。賑やかな食卓に並ぶのは、湯気の上がるスープと薄く切ったパン。パンは朝に焼いたものを切って炙ってあるから、スープともども温かい。

「どう、シモン。美味しい？」

「ん？　うん、美味(うま)いぜ。いつもの味だ」

何やら期待するような表情でオレの顔を覗(のぞ)き込んでくるので思ったままを答えれば、オルフェは蕩(とろ)けるような笑顔(えがお)を見せる。

「実は今日、スープは僕が味付けしたの」

「マジで!?　えっ、スゲえな！」

「シモンにそう言ってもらえてよかった。これで僕、食べたくなったらいつでも作ってあげられるよ」

「最高じゃん。ありがとな、ホント」

「フフ、どういたしまして」

何気ない会話。何気ない食卓。いつもと変わらない、日常の一コマ。いつまでも続いていくと、無邪気(むじゃき)に信じてしまいそうな、平和な一日。

全員が食べ終わり、食後の祈りを捧げた後――。

オルフェから、大事な話があると告げられた。


雲一つない、満月が冴(さ)え渡(わた)る冬の夜。旧大聖堂の敷地の隅(すみ)にひっそりと建つ白い壁(かべ)の建物へ、オレとオルフェは入っていく。

堅牢な石造りの古城を改築した旧大聖堂において最も新しい建物であるそこの中には、等間隔で太い角柱が並び立つ。

その角柱の各面を浅くくりぬいて本棚の如く作られた空間には、いくつもの白い櫃像が、寄り添うように並べられている。

ここは聖廟。星都で亡くなった人々の遺骨を納めた櫃像を安置し、天に召された故人の魂と繋がるための場所。

櫃像の眼差しを受けながら、オルフェは角柱の間を真っすぐに歩き、聖廟の最奥へと辿り着く。

突き当たりにある壁をくりぬき作られた、半球状の空間。内側はタイルで鮮やかな装飾が施され、天窓から降り注ぐ月光が最も美しく照らし出す場所。

そこに、オルフェの母――『癒しの聖女』アミカの櫃像が、我が子の訪れを喜ぶかのように、微笑をたたえて静かに佇んでいた。

お互いに何を言うでもなく、自然と両手を組んで祈る。

やがて、どちらからともなく組んだ両手をほどいた後、オルフェは何気ない風に口を開く。

「もう少しで、年明けかあ。何だかあっという間だったねえ」

「そうだな。星都の復興も、本格的に雪が降る前に落ち着いてよかったぜ」

会話が途切（とぎ）れ、沈黙（ちんもく）が訪れる。オレは天窓を見上げてホウ、と白い息を吐（は）いた。満天の星が、音もなく瞬（またた）いている。

「ねえシモン……ディオニスって結局、死んでないんだよね」

「そうだな。ありゃ、カサンドラの身体（からだ）に憑依（ひょうい）してたのを追っ払（ぱら）っただけだ」

憑依した悪魔（あくま）は、屍魔（アンデッド）のような下位であればその場で消滅（しょうめつ）させられるが、本体から離（はな）れて行動できる上位悪魔はそうもいかない。ディオニスの本体は、話に聞く限りは悪魔の島（ディア＝ボラス）に居るのだろう。

「僕のこと、諦（あきら）めると思う？」

「あ～……あの様子じゃ、無理だろうな」

あの時は無我夢中で気付かなかったが……おそらくオルフェと結ぶ『契約（けいやく）』は、『箱舟（はこぶね）』計画の重要な要素――『鍵』だったのだろう。

それをオレが奪った上、双頭竜（アンフィスバエナ）ともどもご退去願っちゃったものだから、ディオニスの性格上、『箱舟』計画抜（ぬ）きにしても個人的な報復に来ることは想像に難（かた）くない。

「今の星都って、もう安全な場所じゃないよね」

「まあ、ぶっちゃければそうだな」

あれから各地に散らばった祓魔師（エクソシスト）たちも帰還（きかん）し、聖騎士（きし）と粛清（しゅくせい）騎士の尽力（じんりょく）によって治安はかなり回復した。しかし未だ完全な復興には至っておらず、最盛期に比べれば守りが脆弱になっている点は否めない。

もしまた同規模の襲撃が起こるとすれば、今度こそ星都サン＝エッラの壊滅は免れないだろう。

「そして僕が星都に居続けたら、ディオニスは確実に襲いに来る」

オレは何も答えず、またホウ、と白い息を吐いた。聖廟に、再び沈黙が漂う。

「シモン……僕、ディオニスを倒したい。シモンと一緒に、此処で生きていたいから」

その言葉に、オレは飛びきり長ーい溜息を吐いた。

相手は魔王に次ぐ悪魔。簡単に倒せる相手じゃないのは、前の戦いで痛感した。憑依でさえあれなのだから、本体の強さなど想像もつかない。

しかも悪魔の島は、そもそも行くのが命がけだ。海流は読めねえし、海の中には船も簡単に沈めちまう悪魔がうようよ住んでいると聞く。

生きて帰れる保証もない。むしろ死ぬ確率の方が圧倒的に高い。勝算のない戦いに命を懸けるなんて馬鹿げている。

──でも、そうでもしないと、オルフェが安心して飯を食える日は来ないんだ。

「ねえ、シモン」

オルフェは、オレの目を真っすぐ見た。緑青の瞳に、満天の星が映り込む。

「一緒に来てくれる？」

答えなんて、決まっている。

オルフェが望む限り、オレはオルフェの隣で生きると決めた。

「いいぜ。約束だからな」

さあ、長い旅を始めることにしよう。

あとがき

この度はデビュー作『誓星のデュオ　祓魔師と半魔の詩人』をお手に取っていただき誠にありがとうございます。はじめまして、作者の鳩藍と申します。

本作はＷｅｂ小説サイト『カクヨム』で開かれた『最強に尊い！「推しメン」原案小説コンテスト』にて書籍化検討作品として拾い上げていただき、Ｗｅｂで公開している第一章部分をベースに大幅に加筆・修正したもので、第二章以降は全編書き下ろしとなっております。

型破りな祓魔師シモンと、美貌の半魔詩人オルフェ。二人が様々な困難を乗り越えていく痛快バディストーリー――お楽しみいただけましたでしょうか？

キャラクター、世界観、そして歌。「こんな作品読みたい！」という願望をありったけ詰め込んで、色んな方の力をお借りして形になったのが、本作になります。

全ページ「私こういうの好き!!」という思いが籠っておりますので、どこか一か所でも皆様の琴線に触れたのなら、喜ばしい限りです。

最後になりましたが、本作に携わっていただいた全ての皆様に深く御礼申し上げます。

まずは素敵なイラストを描いて下さった春田様。ご多忙な中イラストをお引き受け下さり、誠にありがとうございます。美麗なイラストで息づくキャラクターたちを見て、本当に良いご縁に恵まれたのだと実感しております。

そして担当のH様。右も左も分からない私に、常に誠実で丁寧な対応を続けていただき、本当にありがとうございます。あなたが担当でなかったら、私は本作を自分が一番納得する形で完成させられることはなかったでしょう。

最後に出版にご尽力いただいた全ての関係者様。本作を手に取っていただいた全ての読者の皆様に、最大の敬意と感謝を。

改めてここまで目を通して頂き、ありがとうございました。またどこかでお会いできることを、心より願っております。

鳩藍

本書は、二〇二二年にカクヨムで実施された「最強に尊い！「推しメン」原案小説コンテスト」バディ部門で書籍化検討作品として選出された「ＤＵＯ」を改題・加筆修正したものです。

「誓星のデュオ　祓魔師と半魔の詩人」の感想をお寄せください。
おたよりのあて先
〒102-8177　東京都千代田区富士見2-13-3
株式会社KADOKAWA　角川ビーンズ文庫編集部気付
「鳩藍」先生・「春田」先生
また、編集部へのご意見ご希望は、同じ住所で「ビーンズ文庫編集部」
までお寄せください。

誓星のデュオ　祓魔師と半魔の詩人

鳩藍

角川ビーンズ文庫　23973

令和6年1月1日　初版発行

発行者――――山下直久
発　行――――株式会社KADOKAWA
〒102-8177　東京都千代田区富士見2-13-3
電話 0570-002-301（ナビダイヤル）
印刷所――――株式会社暁印刷
製本所――――本間製本株式会社
装幀者――――micro fish

ISBN978-4-04-114423-7 C0193 定価はカバーに表示してあります。　◇◇◇

第23回
角川ビーンズ小説大賞
原稿募集中!
君の"物語"がここから始まる!
https://beans.kadokawa.co.jp
詳細は公式サイトでチェック!!!
【一般部門】&【テーマ部門】
賞金 大賞 100万円
優秀賞 30万円
他副賞
締切 3月31日
発表 9月発表(予定)
イラスト/紫　真依